병사와
풍경소리

강원도 산골의 **아름다운 병영** 이야기

병사와
풍경소리

보경 함현준

운주사

머리말
내린천 물소리를 들으며

　　　　　　강원도 산골 부대에는 유난히 일찍 겨울이 찾아옵
니다.

　방태산 자락 아래, 내린천이 지척에 보이는 곳에 머물다 보니
가만히 귀를 기울여 보면 내린천 흘러가는 물소리가 참 아름답
게 들려옵니다.

　그냥 무심하게 지내면 들리지 않는 내린천 물소리도 마음을
내서 들어 보면 잔잔히 들려오는 것처럼, 힘들고 어렵게만 느껴
지는 강원도 산골의 병영 생활이지만 귀 기울이듯 마음을 내서
의미를 부여하면 거기에서 사람 사는 이야기들이 들려옵니다.

　그 이야기들을 모아 책으로 엮게 되었습니다. 장병들과 함께
울고 웃으며 지내오는 동안 참 많이 배우고 또 보람과 기쁨을
얻을 수 있었습니다.

　'효학반敎學半'이라는 가르침이 있습니다. 가르친다는 것의 절
반은 자신이 배우는 것이라는 이 말처럼, 오히려 법사로서 그리

5

고 군종 장교로서 상담하고 교육하면서 제가 더 많이 배우고 느낀 것 같습니다.

그렇게 장병들과 동고동락同苦同樂하며 지내오는 동안 그들과 함께 나눈 귀한 추억들을 모아 BBS 불교방송 장병의 시간 〈아름다운 병영 이야기〉 코너에 소개를 해 왔습니다. 고맙게도 방송을 들은 전국의 많은 분들이 분에 넘치는 사랑과 관심을 보내 주셨습니다.

방송을 듣고 어려운 처지에 놓인 병사에게 도움을 주고 싶어 하는 분도 계셨고, 연세 많은 어르신께서 옛날 군 생활하던 때가 생각난다며 경험담을 말씀해 주기도 하셨습니다.

읽어내려 가야 하는 방송용 원고로 만들어진 글이라 구어체 문장으로 구성되어 있지만, 들려준다는 취지의 원래 느낌을 남겨두고 싶어 그대로 두었습니다.

이 책은 그저 단순히 군법당이나 군불교에 국한된 이야기는 아닙니다. 제가 장병들과 병영 생활을 해 나가면서 직접 듣고 접한 많은 일들을 담았습니다. 흔히들 "인제 가면 언제 오나 원통해서 못 살겠네"란 말이 회자될 만큼 오지로 불리는 이곳이지만, 저는 '인제'는 원통하지 않다고 생각합니다. 아름다운 병영을 만들어 가는 많은 전우들이 있기 때문이지요.

　부족한 글 솜씨지만 병영 생활을 통해서 얻게 된 작은 경험들
이 장병들에게 성숙의 계기가 되기를 바라면서 책으로 펴내는
용기를 내게 되었습니다. 그리고 제가 느낀 작은 감동의 씨앗이
많은 이들에게 잔잔한 미소로 다가가게 되기를 바랍니다.

　이 글을 엮어 세상에 내보내는 티끌만한 공덕이라도 있다면
지금 이 순간에도 묵묵히 맡은 바 임무에 매진하고 있는 강원도
최전방 산악군단의 모든 장병들에게 돌리고 싶습니다.

　날마다 좋은 날 되소서.

2012년 초겨울

강원도 인제 산악군단 호국봉암사에서

보경 함현준

다섯 번째 이야기 ● ● ●

첫 번째 이야기

군에 가면 누구나 효자가 된다

지난해 춘천 마라톤에서 아들의 일병 전투모를 쓰고 풀코스를 완주한 어머니가 있어 화제가 된 적이 있었습니다. 최전방에서 혹독한 추위와 싸우며 나라를 지키는 아들을 생각하며 마라톤에 참가했고, 힘들어 중간에 포기할 뻔했지만, 아들의 전투모 때문에 다시 힘을 얻어 끝까지 뛰었다고 합니다.

군에서 고생하고 있는 아들과 함께하고 싶은 어머니의 마음이 42.195km의 긴 거리를 완주하는 큰일을 만들어 낸 것이지요.

이렇듯 아들을 둔 대한민국 어머니들은 아들과 함께 군에 입대합니다. 그리고 아들이 가정의 품 안으로 돌아올 때 비로소 어머니의 병역의무도 끝나게 되는 것 같습니다.

가끔씩 군법당을 찾는 신도들 중에는 군에 아들 면회를 왔다가 법당이 보이기에 참배 차 들렀다는 분들이 계십니다. 그분들과 차라도 한잔 나누며 이야기를 청해 듣다 보면 얼마나 애절하고 간곡한 사연들이 많은지 모릅니다.

그래서일까요? 군법당에 밝히는 연등이나 인등은 군에 간 아들을 위해 밝히는 어머니의 정성이 담겨져 있는 경우가 적지 않습니다. 아마도 군에 가면 누구나 효자가 된다는 말은 이런 어머니의 정성이 만들어 낸 결과가 아닐까 싶습니다.

얼마 전 법당에 처음 뵙는 보살님 한 분이 찾아오셨습니다. 조금은 남루한 차림에 어색한 모습이셨지요. 말씀을 나누어 보니 멀리 충청도에서 강원도까지 아들 면회를 왔다가 가는 길이셨습니다. 더군다나 좋은 일이 아니라 아들이 부대에서 사고를 일으켜 그만 영창에 수감되는 안타까운 일을 접하고 부랴부랴 아들을 만나러 오셨다는 것이었습니다.

딱히 절에 다니지는 않았지만 지푸라기라도 잡고 싶은 심정으로 부처님께 절이라도 하고 싶어 들렀다는 어머니의 말씀을 들으며, 부족하나마 제 힘 닿는 데까지 도와 드릴 것을 약속하고 위로해 드린 적이 있었습니다.

굳이 『부모은중경』의 구절을 떠올리지 않더라도 어머니의 지극한 자식 사랑은 끝이 없는 것 같습니다. 특히나 군복무처럼 자식이 멀리 떠나와 있게 되면 그 마음이 더욱 사무쳐 평소보다 더욱 커지는 것이 아닐까 합니다.

장병들도 그런 어머니의 마음을 헤아려 더욱 열심히 근무하고 건강한 모습으로 제대하여 가정의 품으로 돌아가는 것이 가장 큰 효도일 것입니다.

가끔 법회시간에 개인의 발원과 기원을 적어 부처님께 올리는 '발원문 적어 올리기' 행사를 갖곤 하는데, 그 발원문의 내용은 거의 대부분이 고향에 계신 어머니와 아버지의 건강과 안녕을 기원하는 것들이었습니다.

또 어버이날을 앞두고 군내 매점인 충성마트에서는 고향의 부모님에게 보내는 효도 선물이 금방 동이 나곤 합니다.

장병들은 처음으로 가족과 멀리 떨어져 오랜 시간을 보내면서 그때서야 어머니에 대한 그리움과 감사함을 새삼 느끼게 되는 경우가 많습니다.

요즘 세간에서는 '헬리콥터 맘'이라고 해서 평생을 자식 주위를 맴돌며 자식의 일이라면 무엇이든지 발 벗고 나서는 이른바 치맛바람을 일으켜 자식을 과잉보호하는 엄마들이 적지 않다고 하는데, 사실 군에 아들을 보낸 어머니들의 마음은 그보다 더하면 더했지 덜하지는 않을 것 같습니다.

예로부터 효도의 가장 큰 근본은 몸을 편안하게 해 드리는 것보다 마음을 편안하게 해 드리는 것이 중요하다고 했습니다. 군대 생활을 해 나가면서 몸은 비록 고향에서 멀리 떠나와 있지만 마음만은 함께하며 부모님의 마음을 편안하게 해 드린다면 아마도 그것이 바로 우리 국군 장병들이 할 수 있는 최상의 효도가 아닐까요?

군에 가면 누구나 효자가 된다는 말은 지금도 현재 진행형입니다.

국방부 시계는 오늘도 돌아간다

"거꾸로 매달아도 국방부 시계는 돌아간다."는 널리 알려진 말이 있습니다. 오직 제대할 그날만을 바라보며 하루하루를 살아가는 병사들에게는 어쩌면 가장 가슴에 와 닿는 이야기가 아닐까 싶기도 한데, 그게 꼭 그런 것만은 아닌 것 같습니다.

얼마 전 통신대대의 박 병장이 다녀갔습니다. 박 병장은 제대를 얼마 남겨 놓지 않은 말년 고참인데, 밝고 명랑한 성격에 전우들과의 관계도 좋아서 항상 주변에 사람들을 모으고 다니는, 대대 불교 군종병입니다.

그런데 며칠 동안 휴가를 얻어 다니던 학교를 다녀와서는 입대 전과 너무나 많이 변해 버린 학교생활의 여러 모습들에 충격을 받아 마냥 '국방부 시계'만 바라보며 생활해 왔던 자신의 모습이 부끄럽게 느껴지더라는 것이었습니다.

19

막상 제대를 앞두고 복학을 하려고 하니까, 지금까지 전역의 그날만을 기다리며 농담 삼아 "어서 빨리 시간아 가라! 나는 그저 이 상황만을 넘기면 그만이다."라고 이야기했던 자신의 모습에 불안감마저 느낀 모양이었습니다.

그게 어디 학교생활뿐이겠습니까? 세상은 항상 변화하고 발전해 나가는 법. 박 병장이 세상살이의 어려움을 조금은 느끼게 된 것 같다 싶어 '국방부 시계'와 '민간사회 시계'의 차이점을 이야기해 주었습니다.

군대에 있는 동안 국방부의 시계만 돌아가는 것이 아니라 사회의 시계는 더 빨리 지나가는 것을 알아차리지 못하면 많은 것을 잃게 됩니다. 사실 군복무를 하면서 일반인들이 사회생활을 하는 것처럼 그렇게 세속의 알음알이나 지식을 축적시킨다고 하는 것은 참 어려운 일입니다.

처음 군에 들어올 때는 여러 가지 다짐들을 많이 하지요. '공부를 하겠다' '다양한 책들을 읽겠다' 등등. 그러나 결국 그런 다짐과 약속들은 작심삼일이 되기 십상입니다.

국방부 시계를 잘 돌리기 위해서는 보이지 않는 내면의 모습을 가꾸고 성장시키는 일에 힘써야 하지 않을까요? 이것이 진정한 공부가 아닐까 싶습니다.

스스로 배우려는 마음으로 스승을 만들어 가면서 능동적으로 보내는 시간과 그저 그렇게 시간만 죽이며 보내는 시간은 엄청난 차이가 납니다.

얼마 전 법당 마당에서 본부대 식구들과 작업을 마치고는 둘러앉아 다과를 나누며 군에서 가장 기분 좋을 때가 언제일까 하는 이야기를 나눈 적이 있었습니다. 많은 얘기들이 쏟아져 나왔지요. 1위는 역시 휴가이고, 2위가 외박이었습니다. 역시 부대 밖으로 나가는 일이 좋기는 좋은 모양입니다.

그런데 이제 막 일병을 단 장 일병의 대답은 의외였습니다. 힘든 훈련을 마치고 돌아와 뿌듯한 성취감을 느낄 때가 가장 기분이 좋은 것 같더라는 제법 멋진(?) 말을 하는 장 일병을 보고 모두들 한참 웃었습니다.

멋진 표현으로 얘기를 하던 장 일병은 어려운 가정형편 때문에 고등학교를 마치고 택배 배달을 하다가 군에 온 경우입니다. 젊은 나이에 세상의 모진 모습을 너무 많이 본 것 같아 좀 안타까운 마음이 있었는데 의외로 밝고 아름다운 모습으로 군 생활을 잘해 내는 것 같아 참 다행이라는 생각이 들었습니다.

삶을 통해 뭔가를 배울 수 있다는 것, 그리고 그것을 통해 행복할 수 있다는 것은 결국 내 스스로가 만들어 나가기 나름이라는 생각을 해 봅니다.

오늘도 국방부 시계는 돌아갑니다.

세상에서 제일 힘든 부대

세상에서 가장 힘든 부대는 해병대나 공수부대 혹은 특공대가 아니고 바로 자신이 근무하는 자대自隊라는 웃지 못할 말이 있습니다. 그만큼 자신이 지금 근무하는 부대가 어렵고 힘들게 느껴진다는 이야기입니다.

하지만 쉽고 편한 부대가 어디 따로 있을까요? 어느 부대건 다 나름대로 어렵고 힘든 군 생활을 하고 있습니다. 서울 도심 한복판에 근무하는 부대도 어려움과 곤란함은 있기 마련이고, 강원도 최전방 깊은 산골짜기 부대도 기쁨과 만족은 존재합니다.

어디에 가서 군 생활을 하든 다 자기 할 탓이요, 다 자기 할 나름이라는 선배들의 얘기는 군 생활의 지혜가 함축되어 있는 말입니다. 제가 이런 이야기를 장황하게 늘어놓는 까닭은 얼마 전 제대한 정 병장이 생각났기 때문입니다.

작년 이맘때 각 부대가 유격훈련에 한창일 때였지요. 제가 근무하는 군단 특공연대 행정보급관님으로부터 급한 연락이 왔습니다. 심각한 관심병사가 있으니 상담을 부탁한다는 내용이었지요.

부랴부랴 찾아가 만나 이야기를 나누어 보니 특공연대에서 운전병을 하고 있던 당시 정 일병은 부대 생활이 너무나 힘들고 어렵게 느껴져서 도저히 견딜 수 없어 괴로워하고 있었습니다.

물론 건강상의 이유도 있었습니다만 특공부대라는 부대 명칭에 잔뜩 겁을 먹고 있었고, 얼마 뒤에 찾아올 큰 훈련 때문에 걱정이 이만저만이 아니었습니다.

어깨를 두드리며 용기를 주고 여러 번 상담을 진행해 보았지만 정 일병은 좀처럼 마음을 잡지 못하고 힘들어 했습니다. 한 달여 시간이 지났을까요? 정 일병이 저를 찾아와 보직 조정을 건의해 줄 수 있느냐며 사정을 했습니다.

지휘관에게 부탁하여 행정병이나 관리병으로 옮겨 줄 수 있겠느냐고요. 한 달여 지내보니 행정병이나 관리병은 좀 편해 보이고 업무 부담이 적어서 해 낼 수 있을 것 같다는 생각이 들었던 모양입니다.

법회를 마친 후에도 제게 찾아와서 사정을 했지만 그건 제 권한 밖의 일이었습니다. 보직 조정이 그리 쉽지도 않거니와 지휘관이 허락해 줄지도 의문이었습니다. 그래서 저는 정 일병이 편해 보인다고 보직 조정을 희망했던 바로 그 부서의 행정병과 저녁식사를 함께 할 수 있는 자리를 마련했습니다.

행정병으로 생활하면서 겪게 되는 여러 가지 이야기들을 자세하게 들려주고 싶었습니다. 이야기를 나누고 나서, 편해 보이기만 하던 행정병이 매일같이 야근을 밥 먹듯이 하고, 각종 훈련이나 근무도 다른 보직자들과 똑같이 한다는 말을 듣고 정 일병은 좀 놀라는 눈치였습니다.

남의 떡이 커 보인다는 말처럼 다른 사람은 편하고 나만 힘들게 고생하고 있다는 생각을 가지고 있던 정 일병은 그때부터 조금씩 달라지기 시작했습니다.

아무리 나쁜 일도 마냥 나쁘지만은 않은 법이고, 아무리 좋은 일도 마냥 좋지만은 않다는 말처럼, 정 일병도 시간이 지나고 상병과 병장을 거치면서 특공연대의 분위기에 조금씩 익숙해져 갔고 제대할 무렵에는 당당한 특공용사로서 부족함이 없는 늠름한 모습으로 변해 있었습니다.

그런 정 병장이 얼마 전 제대를 했습니다. 제대인사차 법당에 찾아와 쑥스럽게 뒷머리를 만지던 그 모습이 많은 것을 이야기해 주고 있었습니다.

아마도 정 병장은 앞으로 찾아올 인생의 많은 어려움들도 멋지게 헤쳐 나갈 수 있지 않을까 싶습니다. 남들과 비교하지 않

고 지금 내가 가지고 있는 것에 의미를 부여하며 살아가는 것을
배운 것만으로도 정 병장은 많은 것을 얻었다고 할 수 있을 것
입니다.

　이런 일을 겪을 때마다 '군 생활을 통해 조금씩 어른이 되어
간다'는 말이 새삼 실감나곤 합니다.

김 이병의 혹한기 훈련 극복기

　　군에서 경험했던 일들은 많은 이들에게 평생 동안 잊히지 않는 기억으로 남는 경우가 많습니다. 특히 나 추운 겨울, 혹한의 어려움을 이겨내는 혹한기 동계훈련이야말로 많은 장병들에게 눈물과 아픔, 그리고 성취의 기쁨과, 자기 자신을 이겨내는 성숙의 시간을 갖게 해 주는 좋은 계기가 되는 것 같습니다.

　　유난히 추웠던 지난겨울, 혹한기 동계훈련을 무사히 마친 김 이병과 얼마 전 긴 이야기를 나눌 기회가 있었습니다.

　　김 이병은 자대에 전입을 와서 얼마 지나지 않아 참가하게 된 혹한기 훈련 때문에 내심 걱정이 많았다고 합니다.

　　추위도 추위려니와 신교대에서 경험했던 행군에 대한 두려움과 걱정 때문에 안절부절못했었다고 하네요. 군에 오기 전에 체력이 약해서 그렇게 긴 거리를 걷는 것은 상상도 못한 일이었다며 걱정이 태산이었다는 김 이병, 걱정과 근심 속에 마침내 혹한기 훈련의 그날은 찾아왔고 긴장 속에 마음을 단단히 먹고 훈련에 참가하게 되었다고 합니다.

훈련 전 내복에다 방한복, 그리고 핫팩도 준비하고 간간이 손을 녹일 주머니 난로도 마련했습니다. 그리고 작년 혹한기 훈련을 경험했던 고참 선임병들의 노하우를 고스란히 전수 받고 마침내 훈련이 시작되었습니다.

최전방 지역 혹한의 강추위는 가히 상상을 초월할 정도입니다. 체감온도 영하 3~40도를 넘는 추위가 다반사니까요. 다행히 하루하루 추위를 견디며 훈련을 마무리하고 마지막 복귀행군을 남겨두게 되었습니다.

잔뜩 겁을 집어먹고 불안해하고 있는 김 이병에게 분대장은 어깨를 두드리며 아무런 걱정도 하지 말고 자기 발뒤꿈치만 보면서 따라오라고 일러 주었다고 합니다.

드디어 시작된 복귀 철야 행군. 멀고 길게만 느껴지는 행군이지만 그때부터 김 이병은 오직 앞에 걷고 있는 분대장 전투화만 바라보며 한 걸음 한 걸음 걸음을 옮겼습니다.

힘들었지만 전우들의 관심과 배려 속에 조금씩 한 시간 두 시간, 시간이 흐르고 어느 정도 행군에 익숙해지자 김 이병도 자신감이 생겨나기 시작했습니다.

만약 김 이병이 마냥 멀게만 생각하고 지레 겁부터 내게 되었
다면 몸에 힘이 빠져 결국은 낙오할 수밖에 없었을 겁니다. 그
러나 분대장의 격려와, 지칠 때마다 군장을 들어주며 함께 해
준 주변 전우들의 도움으로 김 이병은 마침내 첫 혹한기 훈련
철야 행군을 무사히 마칠 수 있었습니다.

천 리 길도 한 걸음부터라는 말처럼 김 이병은 한 걸음만 옮
기면 된다는 생각으로 혹한의 날씨에 밤을 꼬박 새워 백 리를
걸을 수 있었고 마침내 해 낼 수 있게 되었던 것입니다.

그 한 걸음이 긴 행군을 마칠 수 있게 한 원동력이 되었던 것
입니다. 찰나의 순간이 모여 영원의 시간이 되는 것처럼 한 걸
음을 잘 걸어야겠다는 마음가짐이 철야 행군의 긴 과정을 마무
리할 수 있게 한 것이었습니다.

천병만마와 싸워 이긴 장군보다 자기 자신과 싸워 이기는 것
이 더 중요하다고 했던가요? 저는 김 이병의 혹한기 훈련 행군
극복기를 들으면서 군대 훈련이 그저 육체를 단련시키는 것만
이 아니라 나약한 마음을 성숙시키는 좋은 공부가 될 수도 있다
는 생각을 다시금 하게 되었습니다.

시간이 지나 제대를 한다고 해도 어떤 어려움과 난관도 능히
이겨 낼 수 있는 소중한 경험을 김 이병은 혹한기 훈련 행군을
통해 한 것입니다.

스승은 어디에 있을까?

5월에는 여러 의미를 부여할 만한 좋은 날들이 참 많이 있습니다. 오늘은 특히 내일 모레면 찾아올 스승의 날에 대해 이야기를 나누어 보았으면 합니다.

나를 이끌어 주고 가르쳐 주신 스승님에 대한 감사의 마음은 아무리 강조해도 지나침이 없겠지요? 그런데 요즘은 존경하고 큰 가르침을 주는 진정한 스승이 없다는 말들도 많이 하고 있는 것 같습니다.

그렇지만 세 사람이 길을 가면 그 가운데 반드시 나의 스승이 있다는 공자님 말씀처럼 내가 어떤 마음으로 스승을 만들어 내느냐가 중요하지 않나 싶습니다.

군대에서도 그런 경우가 많습니다. 처음 군대에 오게 되면 모든 것이 낯설고 어색하기만 합니다. 작은 것 하나 하나부터 모르는 일 투성이지요.

좋은 대학을 나오고 나이가 많고 적고는 아무런 도움이 되지 않습니다. 그저 모든 것을 배우는 자세와 마음가짐으로 받아들이며 경험해 나가면서 익숙해지는 것이 군 생활이 아닐까 생각합니다.

'내가 군대에 오기 전 사회에 있었을 땐 그래도 어땠는데' 하는 마음으로 으스대고 있다가는 고참들의 꾸지람을 듣기 일쑤입니다. 정말 마음을 먼저 비우고 모든 것을 새롭게 배워가려는 마음가짐이 중요하지요.

제가 알고 지내던 최 일병은 유수의 명문대학에서 법학을 전공하고 사법고시를 준비하다가 나이가 많이 들어 군에 들어온 경우였습니다. 그런데 나이도 많고 명문대학 법대 출신이라는 생각 때문인지 좀처럼 생활관에서 동료 전우들과의 관계가 그리 좋지 않았습니다.

그러다 보니 군 생활도 짜증스러워지고 힘들게만 느껴져 상담차 저를 찾아왔습니다. 본인이 먼저 바뀌지 않으면 그 상황을 벗어나기 어렵다는 것을 알았기에 저는 먼저 마음을 열고 나이 어린 선임병들과 잘 지내 볼 것을 권유했습니다.

그런데 시간이 지나도 좀처럼 그게 쉽지 않았던 모양입니다. 관계는 계속 악화되었고 최 일병의 군 생활은 더욱 힘들어져만 갔습니다.

그러던 어느 날 비상이 걸려 갑작스럽게 부대를 이동해야만할 상황이 되었습니다. 그때 허둥지둥 당황하고 있는 최 일병을놀라게 한 것은 나이 어린 고참 병장들이 일사불란한 준비 속에분대원들을 이끌고 능수능란하게 훈련 준비에 임하는 모습이었습니다.

환경이 사람을 만들고 직책이 사람을 움직이게 한다는 말처럼 마음속으로 나이가 어리다고 별 것 아니게 생각했던 선임병들이, 후임병들을 챙기고 간부들의 지시사항을 능숙하게 처리하는 것을 보면서 최 일병은 느낀 게 많았다고 합니다.

임무를 멋지게 완수해 내는 선임병들을 보면서 '아, 내 생각이 좁았구나. 저네들에게도 많은 것을 배울 수 있겠다.' 싶더랍니다.

배움이란 것이 학교나 도서관의 책 속에만 존재하는 것이 아니라는 것을 새삼 깨달았던 것이지요. 최 일병은 지금 병장이되어 씩씩하게 군 생활을 잘 해 내고 있습니다. 제대하고 나면군에서 익힌 색다른 경험을 통해 배운 것으로 더 많은 공부를할 수 있을 것 같다며 항상 미소를 잃지 않고 있지요.

분명 어려움은 있겠지만 군대가 인생의 또 다른 배움터가 될수 있다는 생각을 해 봅니다. 생각과 경험이 다른 사람들과의관계를 통해서 내가 다듬어지고 또 한 걸음 더 나아갈 수 있는 소중한 기회가 되니까 말입니다.

군에서는 자신과 함께하고 있는 모든 사람들을 스승으로 만드는 지혜가 필요합니다. 스승은 언제나 자신 곁에 함께하고 있습니다.

꾀병도 병이다

날씨가 많이 추워졌습니다. 달력을 보니 다음 주가 벌써 동지던데요. 아마도 전후방의 각 부대에서는 동계 훈련 준비로 여념이 없을 겁니다. 요즈음이 되면 '추위가 뼈에 사무치지 않으면 어찌 코를 찌르는 봄의 매화향기를 얻을 수 있겠느냐'고 말씀하시던 옛 조사 스님의 가르침이 새삼스럽게 떠오릅니다.

얼마 전 군병원을 방문했을 때 군의관으로부터 들은 이야기가 자꾸 머릿속에 남습니다. 동계 훈련을 앞두고 있어서인지 군병원을 찾는 환자가 평소보다 부쩍 늘었다고 합니다.

단순한 감기 환자에서부터 심한 증세의 환자에 이르기까지 갖가지 증상의 환자가 진찰 받기를 원하고 있답니다. 불어난 환자들 가운데는 병이 없으면서도 군의관의 진찰을 받으러 와서는 진찰 후 아무 이상이 없다는 진단이 내려지면 오히려 서운해

하는 경우가 적지 않다고 합니다.

그저 단순한 꾀병 환자가 아니겠냐고 했더니만, 군의관의 대답은 그저 단순한 꾀병이 아니고 스스로 몸에 대한 불안감을 가지고 있는 경우가 많아서, 열도 없고 별다른 증상이 없는데도 실제 몸살감기에 걸렸다면서 진짜 통증을 느끼며 호소하는 경우가 많다는 것이었습니다.

이런 환자들은 대개가 자신에게 병이 없다고 진단한 군의관을 무성의하다고 비난하거나 내지는 그럴 리가 없으니 다시 진찰해 보라고 몇 번이고 다시 찾아온다는 것이었습니다. 분명이 몸에 병이 없는데도 말입니다.

일반적으로 병이 없다는 진단을 받게 되면 보통 사람들은 안도의 숨을 쉬면서 기뻐하는 것이 당연한 것인데, 오히려 병이 없다고 하면 실망을 한다니 병영 생활이 고되긴 고된 모양이라며 쓴웃음을 지을 수밖에 없었습니다.

사실 병이란 고통스러운 것이고 많은 어려움이 따르며 심해지면 엄청난 결과를 초래할지도 모르는 것인데, 오히려 몸에 병이 없다는 진단을 받고도 서운해 하는 환자를 일컬어 의학에서는 '뮌히하우젠 증후군'이라고 부른다고 합니다.

1차 세계대전 당시 질병을 조작하여 치료받기를 즐겨했던 한 독일군 병사의 이름을 따서 붙인 이름이라고 하는데, 아마도 전쟁의 공포와 전투의 두려움에서 비롯된 일종의 칭병 복무기피 현상이라고도 볼 수 있을 것입니다.

여하튼 요즘 군병원을 찾는 병사들 가운데에는 이처럼 병을 빙자해서 단순히 어렵고 힘든 근무나 훈련에서 벗어나서 편히 쉬어보려는 꾀병 환자뿐만 아니라, 정말 병에 걸렸다고 스스로가 믿어버리고 상당히 심각하게 자신의 증상에 대해서 고민하고 괴로워하고 있는 경우도 있다고 하니 문제가 아닐 수 없습니다.

아마도 이러한 현상은 단순히 군에만 국한된 모습만은 아닐 겁니다. 갈수록 자신에 대한 의지력과 결단력이 약해지고 스스로를 돌보고 살피는 데도 미숙해지는 현대인들에 대한 여러 지적은 모두들 한두 번쯤은 들어 본 적이 있을 것입니다.

어떤 생활일지라도 자기 스스로가 나약해지면 모든 일이 더욱 고통스럽고 괴롭게만 생각되는 법입니다. 현실 속에서 마주치게 되는 많은 난관들이 비록 괴롭더라도 어떻게 받아들이고 어떻게 생각하느냐에 따라 그 어려움의 정도는 달라집니다.

가끔씩 군에서 만나는 병사들에게 가장 안타까운 점이 바로 이것입니다. 항상 내가 제일 힘들고 내가 제일 어렵다는 생각에 사로잡혀 스스로를 더 힘들게 만들어 버리는 경우가 많습니다.

물론 개인에 따라 차이는 있겠지만 힘들고 어려운 직책을 맡고 있는 경우는 오히려 그 어려움을 의연하게 받아들이는 데 반해 좀 수월하고 편안한 직책을 갖고 있는 경우에 괴로움을 호소하는 경우가 많은 것 같습니다.

군법당을 찾는 병사들을 통해 사람들이 세상을 바라보는 새로운 시각차를 발견하곤 하는데요, 그중에 하나가 바로 계급별로 느끼는 훈련의 강도입니다. 군에 갓 들어온 이등병은 동계 훈련, 혹한기 훈련이라는 말만 들어도 주눅이 들고 긴장되고 밤에 잠이 안 올 정도입니다.

그런데 병장쯤이 되면 어렵고 고되다는 그 혹한기 훈련을 앞두고도 여유 있게 주변 사람들을 챙기고 살펴 주게 되지요. 훈련의 강도에 차이가 있어서가 아닙니다. 체력이 약하고 강해서도 아닙니다. 경험해 보고 어떤 것인지 알기 때문에 그것을 온전히 받아들일 마음의 준비가 되어 있는 것입니다.

지금 혹여나 난관 속에 있다고 생각하고 계신다면 그 아픔을 어떻게 받아들이느냐에 따라 결과가 달라진다는 것을 다시 한번 생각해 보면 어떨까 싶습니다.

혹시나 지금 꾀병을 부리고 있는 것은 아닌지.

남의 떡이 커 보인다

　　병영 생활에서는 이름보다는 흔히들 그 직책이나 계급으로 불리는 경우가 많습니다. 그것은 아마도 그 사람이 맡은 직무나 계급에 따르는 책임과 임무가 그만큼 중요하기 때문이 아닐까 합니다.

　누군가 자신의 몫과 역할을 제대로 해내지 못했을 때, 그 일을 온전히 소화해 내지 못했을 때, 그 조직은 틈새가 생기게 되고 그로 인해 결국은 그 자신까지도 곤란과 어려움을 당하게 되기도 하지요.

　군 생활을 해 나가면서 흔히들 보직이나 직책 자리에 연연해서 힘든 일과 편한 일을 나누는 경우가 종종 있습니다. 사회생활도 이와 크게 다르지는 않겠지만, 군대에서는 어떤 보직을 받고 어디에서 근무하느냐가 군 생활의 행복과 불행을 나누게 된다고 생각하는 예가 적지 않은 것 같습니다.

그러나 제가 전후방 각지의 부대를 다니면서 우리 병사들과 많은 상담을 해오며 내린 나름대로의 결론은, 보직이나 직책 혹은 근무지가 군 생활의 만족도에 그리 큰 영향을 미치지는 않는다는 것입니다.

최전방 철책선에서 경계 근무를 서고, 지뢰밭을 수색하고, 엄청난 양의 작업과 훈련을 하면서도 미소를 잃지 않고 웃으며 근무를 하는 경우가 있는가 하면, 겉으로 보기에 한없이 편해 보이는 도심 한복판의 부대에서 근무하면서도 복무 부적응을 호소하는 경우는 얼마든지 있습니다.

남의 떡이 더 커 보인다는 말이 있는 것처럼 내가 제일 힘들고 남들은 다 편해 보이지만 사실은 그렇지 않습니다. 그 나름대로의 어려움이나 곤란함은 어디에나 존재하는 법입니다.

다만 내가 좋은 점에 얼마나 더 많은 의미를 부여하느냐에 따라 군 생활은 달라지겠지요. 그러니 결국 어떤 일을 하든지 간에 그 일을 어떻게 수행해 나가느냐가 중요한 것이지 무슨 일을 하느냐가 중요한 것은 아닌 것 같습니다.

내가 웃으면서 보람을 느끼고 근무하느냐, 아니면 불평과 불만 속에 제대의 그날만 바라보고 사느냐는, 어찌 보면 내가 그 일을 어떻게 하느냐에 달려 있는 것입니다.

아무리 힘들고 어려운 일이라 해도 내가 그 일에 보람을 느끼고 긍정적으로 기쁘게 임무를 수행해 나간다면, 또 함께 어깨 두드리며 동고동락할 수 있는 전우들과 함께라면 여러분들 앞에 놓인 시간들은 웃음이 함께하는 날들이 될 수 있을 것입니다.

요즘 장병들과 함께 이야기를 나누다 보면 모두들 삶에 대한 용기가 좀 부족한 것 같다는 느낌을 많이 받습니다. 세태가 그래서인지는 모르겠지만 당당한 패기는 찾아보기 어렵고, 그저 그렇게 세상을 요령이나 부리며 살려는 모습들이 많은 것이 사실입니다.

일체유심조一切唯心造라, 모든 것은 마음먹기 따라 달라진다고 합니다. 장병 여러분! 스스로가 용기와 패기를 갖고 힘차게 걸어 나간다면 세상은 여러분 편에 서 줄 것입니다.

피곤하고 고단하게만 느껴지는 병영 생활도 나름대로의 의미를 부여하고 더 나은 내일을 스스로가 만들어 간다는 마음으로 오늘을 생활하고 내일을 준비한다면 병영 생활이 그렇게 힘들고 어렵게만 느껴지지는 않을 것입니다.

비록 몸은 병영 안에 있지만 내가 행복을 만들어 내고, 내가 자유를 만들어 갈 수 있습니다.

신바람 군종병

군에는 정말 다양하고 독특한 직책과 보직이 있습
니다. 전후방 각지의 부대에서 우리 장병들은 사회
에서는 듣지도 보지도 못한 일들을 해 나가면서 거대한 군대라
는 조직을 움직여 나갑니다.

그러다 보니 입대 전이나 혹은 훈련병 시절, 어떤 부대에 배
치되어 어떤 보직이나 주특기를 받게 될지가 초미의 관심사가
되기도 하지요. 부대 배치가 결정되기도 전에 좋은 부대에 가서
편한 보직을 받게 되면 좋겠다고 법당에 와서 간절한 기도를 올
리는 것을 본 적도 있습니다.

그런데 그 많은 보직 가운데 겉보기와 다른, 편할 것 같은데
전혀 그렇지 못한 보직이 하나 있습니다. 그 보직은 다름 아닌
바로 군종병인데요, 저와 인연이 닿았던 많은 군종병 중에 유난
히 기억에 남는 경우가 있어 소개를 해 드리고자 합니다.

강원도 최전방 GOP 부대 경계병으로 근무하던 이 일병은 근무 중 갑자기 디스크 증세가 심해져서 고생이 심했었습니다. 허리 디스크가 겉으로 드러나는 병도 아닌데다가 통증이 항상 계속되는 것도 아니어서 고참 선임병들에게 눈치가 많이 보이고 개인적으로도 힘들어 하고 있었습니다.

상담을 통해 애로사항을 들어 보니 이 일병은 지금 자리가 너무 힘들다며 군종병으로 일해 보고 싶다는 뜻을 내비쳤습니다.

마침 법당 군종병 자리가 비어 있어 지휘관의 배려를 받아 불교 군종병으로 석 달 간 파견을 받을 수 있었습니다.

얼마 후 전방에서 내려와 법당에서 근무하게 된 이 일병은 그야말로 기분이 날아가는 듯 했습니다. 마음이 편해서인지 허리 통증도 많이 나아지고 전혀 다른 분위기 속에서 그야말로 신바람 나게 법당 일을 해 나갔지요.

얼굴에 미소를 가득 담고 저와 함께 다니며 법회도 준비하면서 이 일병은 군종병 생활을 정말 즐거워하고 또 군 생활의 보람도 느끼게 되었다고 말했습니다.

그런데 시간이 지나면서 신바람 나게 지내던 이 일병이 조금씩 변해가기 시작했습니다. 즐겁고 재미있게 느껴지던 법당 일들이 조금씩 늘어나면서 법당 일이 즐거운 것이 아니라, 업무이자 반드시 해내야 할 임무로 받아들여지기 시작한 것입니다.

모두가 잠든 새벽에 일어나 예불을 준비하고 넓은 마당을 청소하는 일들이 이 일병에게는 점점 힘들고 어려운 일이 되어 가기 시작했습니다.

같은 산을 올라가더라도 군복 입고 완전군장으로 올라가면 힘들게 느껴지고, 등산복 입고 배낭 메고 여자 친구와 올라가면 즐겁게 느껴지는 것처럼, 이 일병에게는 처음 시작한 군종병 생활이 색다르고 즐거운 경험이었는데 시간이 지나면서 만만치 않은 업무와 일로 바뀌어져 버린 것이었습니다.

모든 일들이 다 그렇듯 어떻게 생각하고 받아들이느냐에 따라서 참 많이 달라지는 것 같습니다. '일이다' '힘들다' 생각하면 중노동이고, '재미있다' 생각하면 즐거운 법입니다.

군종병 보직을 수행해 나가면서 보람을 찾기를 바랐었지만 이 일병은 결국 군종병 생활을 힘들어하기 시작했고 결국 파견 기간이 종료되어 자대로 복귀를 하게 되었습니다.

내가 좋아서 하는 일과 억지로 하는 일에는 많은 차이가 있기 마련입니다. 아무리 힘들고 어려운 일도 내가 즐거워서 하면 전혀 힘들지 않게 느껴지는 법이고, 아무리 쉬운 일처럼 보여도 누가 시켜 억지로 하게 되면 마냥 힘들고 어렵게 느껴지는 법이지요.

다행히 이 일병은 자대로 복귀하여 맡은 바 임무를 잘 수행해 나가게 되었습니다. 아마도 군종병 임무를 수행해 보기 전과 해 보고 난 뒤의 마음가짐은 많이 달라졌기 때문일 것입니다.

우리가 산 속을 헤맬 때는 자신이 어디쯤 있는지 잘 보이지 않습니다. 그러나 조금 밖으로 나와 살피게 되면 자신이 어디 있는지 확연히 드러나게 되지요.

이 일병이 신바람 나서 열심히 법당 일을 하고 있을 때는 힘 들어 보이는 일도 정말 즐겁게 마무리하곤 했었습니다. 그런데 시간이 지나면서 법당 일도 일이고 업무라고 생각하고부터는 아무리 쉬운 일도 어렵고 힘들게 해 나가는 모습을 보면서 마음 가짐이라는 것이 정말 이렇게 사람을 달리 만드는구나 싶었습니다.

어떤 일이든 신바람 나게 하는 방법은 그 안에서 즐거움을 찾 아내는 일이 아닐까 생각을 해 봅니다. 군 생활도 이와 다르지 않을 것입니다.

말 한마디의 기적

입동이 지나서인지 날씨가 상당히 추워졌습니다.

아마도 어렵고 힘들게만 느껴지는 군에서 맞이하는 겨울이라 한결 더 춥게만 느껴질 텐데요. 이럴 때일수록 서로가 서로에게 나누어주는 격려와 위로의 말 한마디가 큰 힘이 될 수 있을 것입니다.

슬픔은 나눌수록 줄어들고 기쁨은 나눌수록 늘어난다는 말도 있지요? 병영 생활을 통해 함께 어려움을 나누고 기쁨을 함께 할 수 있다면 군에서 느끼는 어려움과 곤란함이 한결 가벼워질 수 있을 것입니다.

얼마 전 주말마다 법당 일을 돕고 있는 예하 부대 불교 군종병들과 이야기를 나눌 자리가 있었습니다. '군종병 간담회'라고 조금은 거창한 타이틀을 붙여서 각 부대 군종병들과 저녁공양이라도 하며 격려를 해 줄 심산이었는데, 그동안 온전히 긴 대화를 나눌 수 있는 시간이 없어서였는지 정말 많은 이야기를 들을 수 있었습니다.

혹시 여러분들은 '동료 상담' 혹은 '또래 상담'이라는 말을 들어 보신 적이 있으신지요? 이 동료 상담에서는 대단한 상담가나 심리치료사를 만나지 않더라도 마음이 통하는 친구나 동료들에게 자기가 가진 고민을 털어놓고 이야기를 나누는 것만으로도 가지고 있는 고민의 무게가 한결 가벼워진다고 합니다.

상담에서 가장 중요한 것이 공감인데 그 공감 형성이 동고동락하고 있는 동료들에게 가장 잘 일어난다는 것입니다. 특히 어렵고 힘든 군 생활 속에서 같이 땀 흘리며 고생하고 있는 전우들과 나누는 공감의 이야기는 고민을 해소시키는 중요한 역할을 하고 있는 것 같습니다.

비교적 군에 갓 들어온 이등병들이 힘들고 어려움을 토로하는 경우가 많은데 그때 군 생활을 더 많이 한 선임병들의 말 한마디는 큰 힘을 발휘합니다. 사실 큰 훈련이나 작업을 앞두고 허풍 섞인 엄포 때문에 후임병들을 긴장하게 만들기도 하지만, "넌 잘해 낼 수 있을 거야"라는 격려와 정감어린 어깨 두드림은 큰 힘이 되기도 합니다.

복잡한 상담이론이나 기법은 잠시 내려두고 그저 잘 들어 주고, 호응하고 공감하는 것만으로도 어려움에 처해 있는 동료를

45

도울 수 있다니, 새삼 살아가면서 따뜻한 말 한마디가 그리워질 때가 참 많은 요즘 세상입니다.

휴대폰이나 인터넷, 각종 언론 매체 등을 통해 말은 정말 많아졌는데 따뜻한 말 한마디를 나누는 공감의 대화는 점점 줄어드는 것 같습니다. 가장 가까운 부부 간이나 가족 간에도 일상의 말이나, 서로의 관심과 배려, 공감의 표현으로 나누는 대화는 많지 않은 것 같습니다.

군 생활에서도 마찬가지가 아닐까요? 엄한 군기와 조직 사회의 명령이 강조되는 분위기 속에서 진정한 소통과 교감을 위해서라도 따뜻한 한마디 말을 통한 배려가 한결 분위기를 부드럽게 하고 서로를 이해할 수 있는 첫걸음이 될 수 있을 것입니다.

가끔 전방 초소를 방문하여 이등병을 만나 이야기를 나누다 보면 부드러운 말 한마디에 큰 힘을 얻는다는 말을 들을 때가 많습니다. 따뜻한 말 한마디를 통해 미소와 웃음이 피어나고, 추운 겨울을 이겨 낼 수 있는 온기를 만들 수 있을 것입니다.

부처님께서도 『법화경』을 통해 '언사유연言辭柔軟 열가중심悅可衆心'이라 해서 부드러운 말이 중생의 마음을 기쁘게 한다는 말씀을 하신 적이 있습니다.

칭찬은 고래도 춤추게 한다는 말이 있지요? 어떤 상황에서 무심코 내던진 말 한마디가 한 사람의 인생을 바꾸기도 하는 법입니다.

두 팔이 없지만 세계 최초로 서예 크로키라는 장르를 개척한 석창우 화백이 그림을 그리게 된 것은 순전히 아들 때문이었다고 합니다.

감전사고로 두 팔을 잃은 그에게 어느 날 열 살 난 아들이 다가와 천진한 표정으로 "아빠, 그림 좀 그려 줘!"라고 말한 것이 그림을 그리기 시작한 계기가 되었다고 합니다.

손가락이 두 개뿐인 이희아 양이 피아노를 지금처럼 잘 칠 수 있게 된 것은 매일 딸의 손을 어루만지면서 "손이 참 예쁘구나!"라고 말해 준 어머니가 있었던 덕분이었다지요?

말의 힘은 이렇게 강합니다. 그런데 긍정적인 말보다 부정적인 말의 힘이 더 영향력이 크다고 하네요. 막말과 험담은 듣는 사람의 마음을 다치게 합니다.

이 막말과 험담 같은 부정적인 말은 상대방에게만 치명적인 것은 아닙니다. 남을 헐뜯는 말에는 분노의 독소가 들어 있기 때문에 그 말을 입에 담은 당사자에게 더 해롭다고 합니다.

푸념이나 험담을 하면 일순간 쾌감을 느끼는 것 같지만 사실 부정적인 말에는 분노라는 독소가 포함되어 있기 때문에 결국 불쾌한 감정과 스트레스를 스스로 받을 수밖에 없습니다.

그러니 자기 자신을 위해서라도 부정적인 말은 입에 담지 않

는 것이 좋다고 합니다. 무심코 뱉은 한마디의 말이 벼랑 끝에
선 사람을 살릴 수도 있고, 간신히 지푸라기만 잡고 있는 사람
을 천 길 낭떠러지로 내몰 수도 있습니다.

그렇다고 거창하고 대단한 말만 하라는 것은 아닙니다. 멋지
고 우아한 말이 아니더라도 진심이 담긴 평범한 말 한마디면 족
합니다. 말의 힘은 우리의 생각보다 훨씬 강력한 힘을 가지고
있습니다.

아름다운 병영은 칭찬과 배려가 담긴 말 한마디로부터 만들
어지는 것이 아닐까 싶습니다.

박 일병의 다이어트 작전

　얼마 전 방송에서 월드스타로 불리는 가수 '비'가
신병훈련을 무사히 마치고 신교대 조교로 발탁되었
다는 소식을 접했습니다. 비는 군 생활 중에 동기들을 잘 이끌
고 훈련을 모범적으로 해낼 뿐 아니라, 사격이면 사격 훈련이면
훈련 등 못하는 게 없어서 교관의 높은 평가를 받았다네요. 노
래나 연기만큼이나 신병훈련도 최선을 다해 열심이었다는 후문
입니다.

　처음 시작하는 일은 누구에게나 어색하고 힘들게 느껴지기
마련입니다. 그 가운데서도 군 입대만큼 첫 시작이 어려운 것이
있을까 싶습니다. 그 군에서의 첫 시작은 바로 신병교육대에서
의 훈련으로 시작됩니다. 아마도 군대에 다녀오신 분들은 누구
나 훈련병 시절의 추억이 많이 남아 있으실 겁니다.

　사랑하는 가족들과 떨어져 군대에 들어와 어색하기만 했던

군복과 전투화, 그리고 힘들고 고생스러웠던 많은 훈련들. 예전보다는 많이 좋아지고 편해졌다고는 하지만 아직도 입대해서 받는 신병훈련은 힘들고 어렵게만 느껴지기 마련입니다.

그 가운데 여러분들은 혹시 '건강소대'라는 말을 들어 보신 적이 있으신지요? 건강소대란 한마디로 비만인 훈련병들을 별도로 편성한 소대입니다. 요즘은 각종 인스턴트 식품 남용에다 운동부족 등을 이유로 비만 인구가 급격히 늘어나고 있다고 합니다.

그에 따라 군에 입대하는 청년장정들의 비만 문제도 적지 않은 문제가 되어 육군훈련소에 건강소대가 편성된 것은 벌써 10여 년 전부터라고 하네요.

비만지수나 체지방률이 높은 훈련병들을 대상으로 본인의 희망 하에 편성되는 건강소대에는 입소 훈련병의 약 5-10% 정도가 들어간다고 합니다. 최근에는 각 사단의 신병교육대에서도 건강소대를 편성하여 일종의 다이어트 프로그램을 통해 체중 감량은 물론 체력 증진 효과도 얻고 있다고 합니다.

게다가 비만자들뿐만 아니라 지나치게 말라 허약 체질인 경우에도 건강소대로 편성하여 체력을 증진시키는 각종 프로그램을 진행하여 훈련을 무사히 마칠 수 있도록 돕고 있다고 합니다.

체중 감량도 하고 체력도 키우고 여러모로 좋은 일이 아닐까 싶습니다. 얼마 전 제가 근무하는 인근 부대에서도 이와 비슷한 사례가 알려져 화제가 됐었습니다.

입대 전 140kg의 고도 비만이었던 병사가 부대 전입 6개월 만에 50kg 이상을 감량했다고 해서 주변의 많은 이들에게 부러움을 샀는데요. "군대가 인생을 바꾼다."는 옛 어른들의 말씀이 실감나는 예화가 아닐까 싶습니다.

화제의 주인공인 기갑부대 박 일병, 몸집은 씨름선수처럼 크지만 얼굴엔 근심이 가득하고 행동도 매우 느렸던 박 일병은 때마침 불기 시작한 전투형 야전부대 육성의 분위기 속에서 평소 그를 아끼고 챙겨주던 행정보급관의 도움으로 이른바 다이어트 작전에 들어갔다고 합니다.

6개월 동안 매일같이 식사량을 조절하고 연병장을 열심히 달리며 하루하루 감량을 진행해 나갔다고 합니다. 거기에다 웨이트 트레이닝을 조금씩 병행했습니다.

식사량을 줄이고 운동을 계속하다 보니 때로는 힘들고 너무나 어려워 눈물도 흘리고 몇 번을 포기하려 했지만, 매일 저녁 연병장을 달리는 박 일병의 모습을 보며 동료 전우들은 힘찬 격려의 박수를 보내 주었다고 합니다.

그리고 무엇보다 함께해 준 행정보급관의 관심과 배려로 조금씩 체중이 줄어갔고, 마침내 6개월이 지난 뒤 50kg을 줄이는 다이어트작전에 성공하게 되었습니다.

이제는 맡은 바 임무도 문제없이 수행해 낼 수 있게 되었을 뿐만 아니라 성격도 많이 밝아져서 부대에서 선발하는 특급전사에 도전하고 싶은 의욕도 가지게 되었다고 합니다.

들을수록 미소가 지어지는 이야기인데요. 아마 박 일병이 군에 있지 않고 그대로 사회에서 불규칙한 생활과 무절제한 식습관을 가지고 있었다면 건강에 큰 문제가 생기고 말았을 것입니다.

쉽지 않았을 그 절제의 시간 동안 흘렸던 땀방울과 인고의 시간이 결코 헛되지 않았기에 박 일병은 마침내 큰 성과를 얻을 수 있었던 것으로 보입니다.

굳이 체중 감량의 예를 들지 않더라도 어쩌면 군 생활의 묘미는 하고 싶은 것을 하지 못하는 경험을 하는 데 있는 것은 아닐까 하는 생각을 해 봅니다.

우리가 마음 내키는 대로 먹고 마시며 하고 싶은 것을 다 하고 지내는 것이 정녕 잘 살고 행복한 것일까요? 쉽고 편안하게 살면서 하고 싶은 것 다 하며 지내는 것보다는, 어렵고 힘든 여건 속에서 나 자신을 돌이켜 살피며 어려움을 하나하나 극복해 가는 것이 인생의 참 의미를 발견해 나가는 것이라고 생각합니다.

요즘 들어 절제하지 못하고 너무 많이 먹고, 너무 많이 마셔서 건강을 해치게 된 경우를 우리 주변에서 종종 볼 수 있습니다. 결국 자신과의 싸움에서 패배하여 실패를 경험한 경우겠지요. 아마도 자제의 힘으로 극기의 능력을 키우는 데는 군대만한 배움터가 없을 것입니다.

부처님께서도 능력 가운데 가장 큰 능력은 자기 자신을 스스로 조정하고 조절할 줄 아는 것이라는 말씀을 하신 적이 있습니다. 자신을 살피고 나 자신을 돌아보며 컨트롤 할 수 있다면 아마도 우리는 훨씬 맑고 밝은 삶을 살아 나갈 수 있을 것입니다.

군대는 어쩌면 나 자신과의 싸움에서 승리하는 방법을 배우는 곳이 아닐까 하는 생각을 해 봅니다.

망고忘苦 보직

　　군에서 포교를 하면서 종종 상담을 하게 됩니다. 그
상담 시간 거의가 군 생활을 해 나가는 가운데 느끼
는 고충과 어려움을 들어주어야 하는 경우입니다.

　특히 갓 입대한 이등병들의 경우 부여받은 보직이나 직책에
대한 어려움을 토로하는 경우가 많습니다. 군에서 맡게 되는 각
각의 보직에 따라 군 생활이 좀 풀린다고 생각하는 경우도 있
고, 힘들고 험한 임무를 수행하는 부대에 보직되어 어렵고 힘든
군 생활을 하게 되었다고 좌절하기도 하지요.

　여러분은 혹시 '망고'라는 말을 들어 보신 적이 있는지요? 군
에서 망고는 과일 이름이 아닙니다. '잊을 망忘' 자에 '고통스러
울 고苦' 자를 쓴다던데, 병사들에게 아주 쉽고 편한 보직을 일
컫는 은어입니다.

　그런데 말이죠. 막상 그 망고 보직으로 불리는 자리에 가 있는

병사들을 만나 보면 결코 그 자리가 그리 쉽고 편하지 않다고 말하는 경우가 많습니다. 내가 맡은 일은 마냥 힘들게만 느껴지고 다른 이의 일은 쉽고 편해 보이는 것이 군에서도 결코 예외는 아닌 것 같습니다.

얼마 전 법당에서 이야기를 나누었던 공병대대의 송 일병은 자기는 매일같이 훈련에다 계속되는 작업으로 정말 힘들어 보직을 바꾸고 싶다며 사정을 하는 것이었습니다. 그 중에서도 PX에서 근무하는 관리병이나 취사병이 참 편해 보인다고 말을 하더군요.

취사병이나 관리병으로 보직을 옮기게 되면 고참들 눈치를 볼 일도 없고, 간부들에게 간섭도 받지 않아 만사 걱정이 하나도 없을 것 같다며 긴 한숨을 내쉬는 것이었습니다.

마침 법당 군종병이 취사병과 동기였기에 저는 취사병을 불러서 그 자리에서 함께 대화를 나누게 했습니다. 그런데 가만히 듣고 있자니 취사병이 결코 만만한 일이 아니라는 것을 알 수 있었습니다.

그 취사병의 말을 들어 보니 쉼없이 계속되는 취사 지원에다 주말도 없고 매일 새벽에 일어나 취사 준비를 하는 일이 여간 고역이 아니라고 했습니다. 운동을 좋아하던 그 취사병은 축구 경기 한 번 제대로 뛰어보는 것이 큰 바람이었습니다. 오히려 그 취사병은 차라리 훈련장에서 열심히 땀 흘리며 뛰고 달리는 일이 더 좋겠다며 하소연을 하더군요.

둘의 이야기를 들으면서 항상 나만 힘들다고 하소연하며 살아가는 우리들의 모습을 다시 한 번 되새겨 보게 되었습니다.

훈련소나 각종 교육기관에서 법회를 하다 보면 부대 분류를 앞두고 좋은 부대, 편안한 부대에 배치되게 해 달라고 간절히 기도하는 경우를 종종 보게 됩니다. 아마 군법당만이 갖는 독특한 모습이 아닐까 싶은데요.

저는 그들에게 좋은 부대 편한 부대보다는 좋은 사람, 좋은 만남을 위해 기도해 보라고 권합니다. 흔히들 말하는 편한 부대에 갔는데 서로 이해하지 못하고 배려하지 못하는 분위기라면 아무리 좋고 편한 부대라 하더라도 그 부대에 근무하는 동안은 정말 힘들고 어려운 나날들이 될 것입니다.

그러나 환경적으로 힘들고 임무가 고된 부대라고 하더라도 서로 이해하고 배려하면서 어깨 두드려 줄 수 있는 부대라면 그 부대야말로 좋은 부대가 아닐까 싶습니다.

아무리 이등병이라고 하더라도 자대 배치되고 난 뒤 불과 얼마 지나지 않아 후임병들을 맞이하게 됩니다. 따라서 내 스스로가 좋은 사람, 좋은 인연을 가꾸어 갈 수 있는 사람이 되겠노라 약속하는 기도를 한다면 훨씬 더 편안한 군 생활을 만들어 갈 수 있을 것입니다. 결국 좋은 부대, 좋은 인연은 내 스스로가 만들어 가는 것이니까요.

이 세상에 쉽고 편한 일이 있던가요? 그냥 이루어지는 것은 없는 법입니다. 사바세계라는 말은 감인국토堪忍國土라는 뜻이라고 하더군요. 참고 견디면서 살아가는 게 이 세상이라는 의미입니다.

누구나 그 나름대로 어렵고 힘든 시간들을 이겨내고 있는 것입니다. 군 생활도 이와 다르지 않을 것입니다. 어느 보직 어느 부대나 그 나름대로의 어려움과 고통은 있기 마련입니다.

가장 힘들고 고생스러운 부대가 자대自隊라는 우스갯소리도 있듯이, 그 어려움 속에서도 웃을 수 있고 정을 나눌 수 있는 마음가짐이 중요하리라 생각합니다.

내가 지금 속해 있는 이 부대, 나와 지금 고락을 함께하고 있는 전우들과의 인연을 어떻게 가꾸어 나가느냐가 가장 중요하고, 그것이 바로 소중한 인연 가꾸기가 아닐까 하는 생각을 해 봅니다.

평범한 일상 속에서 만들어 내는 보람

날씨가 아침저녁으로는 많이 쌀쌀해졌습니다. 달력을 살펴보니 벌써 추분이 며칠 남지 않았더군요. 유난히 늦더위가 심하더니만 벌써 가을이 시작되려는가 봅니다. 전방의 고지에서는 벌써 기온이 많이 내려가기 시작했다는 소식도 들려오던데요.

커진 일교차만큼이나 건강에 더욱 조심해야 할 때가 요즘이 아닌가 싶습니다. 이럴 때일수록 동고동락하고 있는 전우들과 나누는 정겨운 말 한마디가 많은 위로와 격려가 될 수 있을 거라고 생각합니다.

우리의 옛 속담에 "시집살이란, 귀머거리 3년 벙어리 3년 눈먼 사람 3년을 견디어 내야 한다."는 말이 있습니다. 그 옛날 여인들이 집안에만 거의 갇혀 지내다시피 하다가 전혀 색다른 가풍과 생활 방식을 지닌 시집에 가서 살아 나간다는 것은 여간 어려운 일이 아니었을 겁니다.

아마도 요즘보다는 훨씬 여성의 지위나 위상이 하대 받고, 낮게 취급되어졌던 시대였기 때문에 더욱 그러한 말이 나오게 되지 않았나 싶습니다.

지금 우리가 겪고 있는 병영 생활도 그와 크게 다르지 않을 것이란 생각이 듭니다. 신병교육대에 입대하면서부터 마주치게 되는, 태어나서 처음으로 맛보는 색다른 생활, 낯선 사람들, 익숙지 못한 군복, 그리고 전투화. 아마 그 옛날 여인들이 느꼈던 시집살이만큼이나 어렵고 힘들게 느껴지지 않을까 합니다.

더구나 요즘처럼 핵가족 하에서 성장하는 경우가 대부분인 상황에서 대다수의 사람들은 자칫 이기적이 되기 쉽고, 뜻대로 잘 안 되는 일에는 불평과 불만을 품거나 쉽게 신경질이나 화를 내게 되는 경우도 많습니다.

그런데 군 생활에서는 외형상 이런 것들이 용납되지 않으니까 더더욱 병영에서의 모든 일들이 힘들고 어렵게만 느껴지는 경우가 많이 있을 것입니다.

우리들은 간혹 세상을 살아 나가면서 힘들다거나 내지는 어렵다 혹은 죽겠다는 말을 하곤 합니다. 처해진 상황이 견디기 곤란한 지경에 놓이게 될 때 주로 그런 말을 하게 되죠.

그러나 그러한 말들이 그러한 상황에서 벗어나게 하기보다는 오히려 자신을 더욱 힘들고 어렵게 만든다는 사실을 안다면 그리 쉽게 그런 말을 꺼내지는 못할 것입니다.

말이란 한 번 입 밖으로 내 던지게 되면 다시 주워 담을 수 없게 됨은 물론이요, 오히려 그 상황을 견디기 어렵게 만들 때가 많이 있습니다. 말이란 어느 경우가 되었든지 그 상황을 정확하게 표현하지는 못합니다.

오히려 어렵다거나 힘들다거나 죽겠다는 말을 자꾸 되뇌이다 보면 더욱 더 힘들고 고통스럽게만 느껴지게 되는 경우가 많습니다. 어떤 일을 하든지 어떤 상황에 놓이든지 부정적인 사고보다는 긍정적인 생각을 갖고, 힘들거나 어렵다고만 생각하지 말고 할 수 있다 혹은 해내야겠다는 의지와 다짐을 갖고 적극적으로 임한다면 좋은 결과가 여러분들 앞에 기다리고 있을 것입니다.

어렵고 힘들다고만 생각하면 더욱 힘들게 느껴지는 법이고, 반대로 생각하면 그 무게는 한결 가볍게 느껴지는 것입니다.

'일일시호일日日是好日'이라는 말이 있습니다. 날마다 좋은 날이라는 뜻입니다. 사실 이 말을 처음 접하면 그 속에 담긴 깊은 뜻을 그다지 느끼지 못하는 경우가 많습니다. 그러나 곰곰이 생각해 보면 이 평범한 말속에 참으로 많은 뜻이 담겨져 있음을 느끼게 됩니다.

사실 병영 생활을 포함한 우리네 일상은 반복의 연속입니다. 우리가 산다는 것은 단순한 일과의 연속일 뿐일는지도 모릅니다. 그러나 그 평범한 일상 속에서 의미를 부여하고 보람을 만들어 낼 수 있어야 하지 않을까요?

군 생활도 마찬가지입니다. 날마다 좋은 날로 만들기 위해 노력해 나간다면 그 정성으로 내일과 모레가 더욱 밝아질 수 있을 것입니다. 군 생활을 해 나가면서 계급 고하를 막론하고 가끔 불평하고 투덜대는 모습을 볼 때가 있습니다.

불평하고 투덜대는 모습을 보면 사실 습관적으로 그러는 경우가 많지요. 그런 모습은 비겁한 자의 옹졸한 변명에 불과합니다.

평범해 보이는 병영의 일상 속에서도 삶의 기쁨은 녹아들어 있기 마련입니다. 그 기쁨을 찾아 낼 수 있어야 합니다.

유격훈련을 앞두고

'요즘 젊은이들'이라는 말로 통칭되는 신세대들의 특징들을 살펴보면 여러 가지 독특한 점들이 많이 있습니다. 그 가운데는 솔직하고 자기주장이 뚜렷한 장점이 있는가 하면 반대로 좀 안타까운 문제점들도 적지 않은 것 같습니다.

의지력이 약해 자신과의 싸움에서 너무 쉽게 포기하거나 좌절하는 경우가 많은 점이 바로 그것인데, 군문軍門에서 만나게 되는 신세대 장병들도 예외는 아닙니다.

특히 유격훈련을 앞두고 있는 병사들을 만나 이야기를 나누다 보면 걱정과 근심이 이만저만이 아닙니다. 훈련장으로 가고 오는 길의 머나먼 행군도 행군이려니와 각종 장애물 극복 훈련에다 그 유명한(?) PT 체조까지.

특히나 훈련을 경험해 보지 못한 이등병들은 유격훈련을 앞두고 정말 불안에 가득 찬 하루하루를 보내게 됩니다. 간부들의 이야기를 들어 보면 신세대들의 체력을 고려하여 예전보다는 훈련 강도가 많이 약화되었다고 합니다. 하지만 전년도에 훈련을 경험했던 선임들의 허풍 섞인 무용담과 합세하여 유격훈련은 그야말로 공포의 대상 그 자체가 됩니다.

사실 모든 훈련이 그러하겠지만 그 자체의 어려움보다는 훈련을 접하는 마음가짐이 더 중요하리라 생각합니다. 어렵고 힘들다고 생각하면 생각할수록 더욱 힘들고 어렵게 느껴지는 법이고, 의연하고 담담하게 할 수 있다고 생각하면 해낼 수 있는 것이 세상 일이지요.

얼마 전 훈련을 앞두고 불안감에 법당을 찾았던 강 일병, 그는 전형적인 마마보이 스타일의 신세대 대학생이었습니다. 별 문제 없이 고만고만한 일들을 겪으며 자라온 성장환경에 호리호리한 체격에 소심한 성격, 더구나 행정병 직책을 맡고 있는지라 제대로 체력단련을 할 기회도 없었노라 하소연을 늘어놓는 그에게 저는 오히려 좀 화가 났습니다.

해 보지도 않고 걱정부터 해대는 강 일병을 보면서 할 수 있다는 자신감이 너무도 아쉬웠기 때문이지요. 현실과 부딪혀 가면서 몸에 조그만 변화나 이상이 생겨도 '내게 큰 병이 생겼다'고 생각하거나, 그것 때문에 지금 도저히 내가 하고 있는 일을 온전히 수행해 나갈 수가 없다고 생각하고, 스스로를 나약한 상태로 만들어 자포자기하면서 눈앞에 닥친 상황을 피해 가려고 하는 경우가 사실 요즘 젊은이들에게 적지 않습니다.

어렵고 힘든 일에 직면했을 때 그 원인을 주변 환경과 조건의 탓으로만 돌리고, 자신의 모습을 먼저 살피는 일에 소홀하다면 그것만큼 부끄러운 일은 없을 것입니다.

대단한 도전 정신까지는 아니라 하더라도 사실 해 보지도 않고 쉽게 포기하고 쉽게 좌절하고 낙망하는 모습들은 부끄러운 모습이라는 것을 알아차려야 합니다.

위로 받으러 왔다가 오히려 나무람만 듣게 된 강 일병에게 좀 미안한 마음이 들기도 했습니다. 그래서 용기란 자신과의 싸움에서 이겨낼 수 있는 큰 힘이 된다고 격려하며, 걱정이 깊었던 강 일병에게 반드시 해낼 수 있을 거라는 뜻으로 힘내라며 퍽퍽 소리가 날 정도로 아주 세게 어깨를 두드려 주었습니다.

일주일이 지나고 난 뒤 훈련을 무사히 마치고 일요일에 법당을 다시 찾은 강 일병은 어깨에 잔뜩 힘이 들어간 의기양양한 모습이었습니다. 그 모습만 보고도 미소가 절로 나왔습니다.

덕분에 오후 내내 지루한 무용담을 들어야 하는 것은 좀 고역이었지만, 복귀 행군을 마치고 부대로 복귀하는 마지막 순간 군악대의 복귀 환영 연주에 자기도 모르는 사이 눈물을 흘리고 말

왔다는 이야기는 저의 마음을 뭉클하게 만들었습니다.

힘들고 어렵게만 느껴지는 생활이라 할지라도 내 스스로가 나약해지면 모든 일이 더욱 고통스럽고 괴롭게만 생각될 것은 자명한 일입니다.

의연한 모습으로 강한 기상을 갖고 진정한 대장부의 모습을 지켜 나가도록 힘쓴다면 앞으로 어떠한 난관과 상황이 닥쳐오더라도 능히 헤쳐 나갈 수 있을 것이라 확신합니다.

우리는 항상 유혹에 빠지곤 합니다. 내가 좀더 편안하기를, 내가 좀더 이롭기를, 그리고 내가 좀더 잘 났다는 것을 뽐내기 위해 흔들리며 비겁해집니다. 당당해야 합니다. 누가 뭐라 해도 자기 스스로 부끄럽지 않은 모습을 지켜가야 합니다.

자신과의 싸움에서 이기는 법을 가르쳐 주었던 유격훈련. 어렵고 힘들다고 느꼈던 유격훈련이야말로 강 일병에게 더 많은 것을 느끼고 배울 수 있는 좋은 기회가 되었던 것 같습니다.

두 번째 이야기

김 이병, 넌 어느 별에서 왔니?

군에는 참 다양한 사람들이 모여 있습니다. '팔도 사나이'라는 말이 있을 정도로 다른 곳, 다른 환경, 다른 처지에 놓인 상태에서 20년 넘게 지내다가 입대한 우리 장병들…… 그 장병들이 군대라는 울타리 안에서 함께 지내다 보니 좌충우돌 여러 가지 문제들이 종종 일어나곤 합니다.

얼마 전에 함께 이야기를 나누었던 김 이병은 같은 생활관을 쓰고 있는 동기 때문에 걱정이 이만저만이 아니었습니다. 달라도 이렇게 다를 수 있을까 싶은 정도로 같은 날 같은 부대에 입대한 동기가 하나부터 열까지 다른 점이 너무 많아 마음고생이 심하다고 하소연을 해 왔습니다.

상담을 마치고 난 얼마 뒤 그 부대에 찾아가 동료 전우들과 부대 간부들을 만나 보니 사정은 이랬습니다.

김 이병은 서울에서 자라나 서울에서 대학을 다니다 입대한 경우였는데 문제의 그 동기는 시골에서 자라나 고등학교만 마치고 집안일을 돕다가 입대한 경우였습니다. 김 이병은 좀 급한 성격에 눈앞의 일은 얼른 해치워 버려야 직성이 풀리는 편인데 그 동기는 항상 모든 일에 여유만만, 약간은 행동이 느린 편이었습니다.

정반대로 그 동기생은 체력 하나만큼은 자신하는 편이어서 운동도 좋아하고 작업도 잘 하는데, 김 이병은 약간은 왜소한 체격에 운동을 좋아하지 않는 성격이었지요. 게다가 김 이병은 과묵하고 말 수가 적었던 반면, 동기생은 즐겁고 쾌활한 모습을 보여 주고 있었습니다.

정반대의 성격을 가진 두 사람, 서로가 가지고 있지 못한 성격을 갖고 있었기에 서로 도우며 지내면 좋은 벗이 될 수도 있었을 텐데, 김 이병이 그걸 용납하지 못하는 것 같았습니다.

부대 생활관 여건상 두 사람이 함께 지낼 수밖에 없기에 김 이병은 그 동기생을 인정하고 받아들일 수밖에 없었습니다. 처음엔 김 이병도 많이 힘들어 했습니다. 싫은 마음, 화난 마음이 넘쳐나서 견디질 못하고 저에게 찾아와 대체 그 동기생은 어느 별에서 왔는지 모르겠다고 아쉬움을 토로할 정도였으니까요.

그런데 두 사람이 몇 번의 훈련을 같이 뛰고 시간이 지나면서 대화를 나누다 보니 누가 가르쳐 주지 않아도 조금씩 서로를 이해할 수 있는 여지가 생겨나는 것 같았습니다. 하기 싫었던 운동도 가끔 해 보니 묘미가 있다는 걸 알게 되듯이, 서로가 서로에게 조금씩 양보하는 법을 배워갔던 것 같습니다.

함께 힘든 훈련을 이겨내서인지 둘 사이가 제법 가까워진 느낌이었습니다. 한 걸음 천천히 가는 방법도 알게 되고, 이해하지 못하는 마음을 누그러뜨리는 경우도 늘어나게 된 것이지요.

흔히들 하는 말 중에 '다르지만 틀리지 않다'는 말이 있습니다. 이 세상에 나와 똑같은 생각과 모습을 가진 사람은 하나도 존재하지 않습니다. 다른 생각, 다른 마음을 가진 사람들을 인정하고 받아들일 줄 아는 것이 성숙의 첫걸음이 아닐까 하는 생각을 해 봅니다.

얼마 전 김 이병을 다시 만나 보니 혼자 전전긍긍하던 몇 달 전의 모습을 생각하면 쑥스럽다고 말하며 미소를 짓더군요. 그 미소를 보니 아마 앞으로의 군 생활이 훨씬 더 밝아질 수 있을 것 같았습니다.

다르지만 틀리지 않다는 인간관계의 묘미를 깨달아 가는 것도 군 생활을 통해 얻을 수 있는 큰 배움이 아닐까 싶습니다.

김 이병과 김 병장

군에 갓 입대한 한 사람이 있습니다. 나이는 26살, 국내 유수의 대학을 우수한 성적으로 졸업하고 해외 어학연수까지 다녀온 대기업 인턴사원 출신의 화려한 경력의 소유자인 김 이병입니다.

그리고 또 한 명, 말년 고참 병장인 김 병장이 있습니다. 나이는 이제 22살, 고등학교를 졸업하고 대학입시에 실패하여 아르바이트를 전전하다가 남자는 일단 군에 다녀와야 사람이 된다며 부모님께 등 떠밀려 조기 입대한 경우입니다.

일단 겉으로 드러난 경력이나 이력을 보면 김 이병이 김 병장보다는 훨씬 대단할 것 같은데 직접 만나 보면 이게 꼭 그렇지만은 않다는 게 참 신기합니다.

군대와 일반 사회가 참 많이 다른 게 이런 게 아닌가 싶습니다. 군에서는 작은 일 하나하나 소소한 것까지 새롭게 익히고 배워야 할 것이 많습니다. 그러다 보니 사회의 경력이나 학력보다는 일단 먼저 경험해 보고 부딪혀 가며 익혀낸 것이 훨씬 유리할 때가 많지요.

어쨌든 김 이병은 군에 와서 오히려 고민이 많아졌다고 합니다. 그리고 김 병장은 처음엔 아무 생각이 없어 군 생활이 마냥 신기하고 재미가 있었는데 시간이 지날수록 걱정이 많아지고 있다고 하더군요. 저는 이 두 사람을 각각 따로 만나 이야기를 나눠봤습니다.

갓 입대한 김 이병은 늦게 온 군 생활에 적응하지 못해 여러 가지 어려움이 많았고, 고참 말년 김 병장은 너무 일찍 군에 온 덕분에 이제 전역을 앞두고 사회에 나가 어떤 일부터 어떻게 시작해야 할지 고민이 많았습니다.

각자 그 나름대로 생활해 나가는 방식과 사람을 대하는 스타일이 참 많이 달랐습니다. 한 가지 고마운 건 그래도 이 두 사람이 뭔가 배우고자 하는 의욕과 더 나은 내일을 위해 노력하고 싶은 열정이 있다는 것이었습니다.

두 사람의 이야기를 듣고 저는 군에 늦게 들어와 후회하고 있는 김 이병에게는 김 병장의 경우를, 공부를 온전히 하지 못해 아쉬움이 많은 김 병장에게는 김 이병의 경우를 소개해 주었습니다.

남의 떡이 더 커 보인다고 했던가요. 각각 상대방의 경우를 부러워하면서도 그 나름대로 고민이 많다는 것을 듣고는 좀 위안을 삼는 눈치였습니다.

무언가를 좀 먼저 경험하고 늦게 경험하고는 그다지 중요한 것 같지 않습니다. 다만 한 걸음 좀 늦게, 혹은 천천히 가더라도 걱정하거나 불안해하기보다는 그 경험을 통해 내가 얼마나 발전하고 성숙할 수 있느냐가 문제일 것입니다.

일전에 어느 병사는 고등학교 졸업 후에 장사를 한다고 뜬구름 쫓아 이리저리 헤매다가 큰 실패를 경험하고는 군에 입대했었습니다. 군 생활을 통해 많은 생각과 고민을 한 끝에 방향을 바꾸어 대학 입시를 선택했고, 제대 후에 한의대 입시에 보란 듯이 합격해서 지금은 한의대생으로 멋진 대학 생활을 보내고 있지요.

또 어떤 경우는 평범하게 고등학교를 졸업하고 대학에 다니다가 입대해서 군 생활을 통해 새로운 길을 발견하고는 제대 후에 전문 기능인의 길을 걷기 위해 직업훈련생을 선택하는 경우도 보았습니다.

모두들 그대로, 그 나름대로의 의미가 있다고 생각합니다. 어떤 길이 더 좋고 어떤 길이 더 나쁘고의 문제라기보다는 내가 지금 어떤 방향으로 가고 있고 그 길을 걸으며 얼마나 기쁨과 보람을 얻고 있는가가 더 중요하지 않을까 싶습니다.

　김 이병과 김 병장의 경우를 접하면서 정말 다양한 경험과 생각들을 지닌 우리 국군 장병들이 군 생활을 통해 조금씩 조금씩 더 성숙하고 발전해 나가길 기원해 봅니다. 그렇게 된다면 군복을 벗고 다시 사회로 돌아가게 되었을 때, 여러분의 모습은 군에 입대하기 전의 모습과는 많이 다른 성숙과 발전이 함께하고 있을 것입니다.

　인생은 속도보다 방향이 중요한 법입니다. 한 걸음 천천히 간다고 해서 그리 늦는 것은 아닙니다.

4.5초 백일휴가

이맘때쯤이 되면 아마도 여름휴가 준비나 계획으로 들떠 있는 분들이 적지 않으실 텐데요. 그동안의 지친 일상에서 벗어나 산과 바다, 혹은 자연과 벗 삼으며 멋진 휴가를 즐기는 것은 상상하는 것만으로도 큰 기쁨으로 다가오는 것 같습니다.

그래서일까요? 우리 군 장병들도 군 생활의 가장 큰 즐거움을 꼽으라면 주저 없이 바로 이 휴가를 손꼽습니다. 힘들고 어렵게만 느껴지는 군 생활의 단비와 같은 휴가. 아마 휴가가 없다면 군 생활은 오아시스 없는 사막 그 자체였을 것입니다.

얼마 전 첫 신병위로휴가를 다녀온 박 이병을 만났습니다. 군에 다녀온 분들은 다 느끼시겠지만 흔히 백일휴가라고 불리는 '신병위로휴가'가 갖는 느낌은 정말 엄청납니다.

군에 대해 생소하신 분들은 백일휴가라고 하면 휴가를 100일이나 주는 것으로 착각하는 웃지 못할 경우도 있습니다만, 입대한 후 100일째 되는 날을 전후해서 군대 밖으로 나가는 4박 5일간의 첫 휴가인 셈이지요.

오매불망 이 날만을 기다리며 견디고 버티며 지내온 이등병들에게는 정말 고대하고 또 고대하는 휴가이기도 합니다.

그런데 그 첫 신병위로휴가를 다녀온 박 이병을 만났더니 4박 5일간의 백일휴가가 꼭 4.5초 같더라며 긴 한숨을 내쉬는 것이었습니다.

웃으며 자초지종을 들어 보니, 벅차고 설레는 마음으로 고향엘 가서 친구들 만나 술 한잔 하고, 부모님과 식사하고 영화 한 편 보고 나니 벌써 귀대일이더라는 겁니다. 시간이 이렇게 짧은지 처음 알았다며 투덜대는 박 이병에게 선배 전우들도 다 똑같은 과정을 겪었다며 웃으며 위로해 주었습니다.

기대가 크면 실망도 크다고 했던가요? 군에 오기 전에 늘 해오던 일상의 모습들, 부모님과 식사하고 친구들과 만나고 영화 보는 것들이 군에 와서는 왜 그렇게 귀하고 소중한 일이 되어 버리는 걸까요?

똑같은 4박 5일의 시간이 군에서는 너무나 느리게 가고 밖에서는 4.5초처럼 느껴지는 이 현실 앞에 우리 이등병들은 참 많이 아쉬워하곤 합니다.

사실 세상살이도 이와 크게 다르지 않습니다. 내가 좋아하는 일, 내가 기뻐하는 일은 아무리 오래해도 시간이 금방 지나간 것 같은데, 하기 싫고 억지로 하는 일은 짧은 시간도 마냥 길게만 느껴지는 법이지요.

하루 종일 놀고 쉬던 사람에게 10분간 쉬라고 말하면 그 10분은 아무것도 아닌, 있으나 마나한 10분이 됩니다. 그러나 50분간 열심히 훈련하고 행군하는 우리 군 장병들에게 찾아오는 10분간의 휴식은 정말 꿀맛 같은 시간이 되지요.

얼마 전 급박한 일정 속에서 10분 만에 분대원 전원이 샤워를 마치고 옷을 갈아입고 식사하러 가는 걸 본 적도 있습니다.

우리 젊은이들이 군에 와서 가장 많이 느끼고 배우는 것들 중에 하나가 바로 시간에 대한 관념이 아닐까 하는 생각을 해 봅니다. 하루 24시간, 정해진 시간을 길게도 혹은 짧게도 쓸 수 있는 방법을 배울 수 있는 곳이 바로 군대입니다. 4박 5일의 첫 백일휴가를 4.5초처럼 쓰고 돌아온 박 이병의 이야기를 들으면서 새삼 시간의 쏠쏠이에 대한 생각을 다시 해 보게 되었습니다.

아마 무더운 여름을 맞이하면서 많은 분들이 휴가를 떠나실 겁니다. 3박 4일이 되었건 4박 5일이 되었건 진정한 휴식은 기간의 길고 짧음에 있는 것이 아니라 그 시간을 어떻게 보내느냐에 달려 있는 게 아닐까요?

부디 우리 박 이병, 다음 휴가 때에는 주어진 시간을 더 멋지게 채우고 돌아오길 기대해 봅니다.

군대軍隊? 군대軍大!

배운다고 하는 것은 어떤 것일까요? 요즘은 참스승이 드물다는 말을 많이들 하던데, 스승이 있고 없고의 문제가 아니라 사실 배운다는 것은 결국 나 자신의 문제가 아닐까 하는 생각을 해 봅니다.

여러분은 혹시 군대가 나의 모교라는 말을 들어 보신 적이 있으신지요? 사회에서 3월은 학교의 새 학기가 시작되고 여러 가지 행사들이 이어지고 있는데요. 새봄을 맞아 군에서도, 사정이 있어 학업을 계속하지 못하고 입대했지만 군복무 중에 공부를 이어가고 있는 장병들이 있습니다.

얼마 전 반가운 소식을 들었습니다. 인접 부대인 일출부대에서는 지난달 '일출고등학교 입학식'이라는 이색 입학식 행사가 있었다고 합니다. 군부대에서 웬 입학식인가 싶으실 텐테요. 이날 입학식은 고등학교를 마치지 못한 병사들 중에서 올해 검정고시 응시자들을 위해 부대에서 마련한 특별한 행사였다고 합니다.

여러 가지 사정으로 학업을 이어가지 못하다가 군에 입대한 병사들은, 부대에서 마련한 고등학교 과정을 통해 검정고시를 준비하고 더 큰 꿈을 향해 나아갈 수 있는 준비를 하게 된다고 합니다.

교장선생님은 부대 주임원사님이 맡아 주셨고, 지역 평생교육정보센터 관장님을 비롯한 10여 명의 강사님들이 지원해 주시기로 하셨답니다. 교육 여건 조성을 위해 각종 자료나 시설을 제공하는 것은 물론이고, 동료 전우 중에서 교육학 전공자 등 학습지도 능력이 우수한 도우미병사를 선발해서 도움을 줄 수 있도록 배려하고 있다고 하니, 이쯤 되면 여느 학교 못지않은 학습 환경을 갖추었다고 할 수 있을 것입니다.

그 밖에도 일출고등학교에서는 검정고시뿐만 아니라 국가 기술자격검정 응시를 원하거나 대학 원격 강좌 수강을 희망하는 병사들에게도 적극적으로 학습 여건을 조성해 줄 예정이라고 하니 더더욱 반가운 일이 아닐 수 없을 것입니다.

꿈을 이루기 위해 군복무와 공부를 함께 해 나갈 우리 장병들이 자랑스럽고 참 대견해 보였습니다. 분명 어렵고 힘든 시간들이겠지만 저는 그 어렵고 힘든 시간들을 우리 장병들이 잘 헤쳐 나가게 될 것이라 믿고 있습니다.

간혹 우리는 환경과 여건을 탓하면서 현실에 불만을 갖고 살아가는 경우가 있습니다. 군대도 마찬가지겠지요. 힘들다고만 생각하고 주저앉아 있으려고만 한다면 더 이상의 발전과 성숙은 기대하기 어려울 것입니다.

군부대에 마련된 학교인 일출고등학교 소식을 접하면서 꿈은 준비하고 가꾸어 가는 사람에게 성취의 기쁨을 안겨주는 법이라는 것을 새삼 깨닫게 되었습니다. 수소문해서 알아보니 이미 각 제대별로 많은 부대들이 이와 같은 제도를 시행하고 있었습니다.

검정고시뿐만 아니라 각종 자격증이나 개인의 능력 개발을 위한 많은 프로그램도 진행되고 있었습니다. 불교에서는 도량道場이라는 말을 즐겨 씁니다. 꼭 큰 건물에 강의실과 캠퍼스가 있어야만 뭔가를 배울 수 있는 것이 아닙니다. 어느 곳에 머물든지 간에 내가 그곳에서 배우고 익혀서 나를 연마해 나갈 수만 있다면 그곳이 바로 큰 배움터가 될 수 있을 것입니다.

군대가 그저 국방의 의무를 이행하기 위해 마지못해 들어오는 곳만이 아니라, 나를 성숙시키고 발전시킬 수 있는 또 다른 배움터가 되고 있다는 사실에 감사와 기쁨이 함께하게 되었습니다.

전후방 각지에서 희망의 미래를 위해 더 큰 꿈을 향한 정진을 계속하고 있을 우리 국군 장병 여러분에게 힘찬 응원의 박수를 보내드리고 싶습니다.

군대는 여러분을 성숙시키는 또 다른 배움터가 될 수 있을 것입니다.

개구리 올챙이 적 생각

군법사로 지내오면서 전후방 각지의 참 많은 군인들과 이야기를 나누어 보았습니다. 계급의 고하를 막론하고 많은 사람들과 대화를 나누며 제 나름대로 내린 작은 결론이 하나 있습니다.

그것은 바로 군 생활을 쉽고 편하게 하는 사람은 단 한 사람도 없다는 것입니다. 군에 갓 들어온 훈련병으로부터 장군에 이르기까지 모두 다 나름대로의 어려움과 난관을 겪고 있었습니다.

언뜻 생각하기에 이등병이 제일 힘들고 계급이 위로 올라가면 갈수록 좀 편해지고 여유로워지는 것이 아닐까 싶었는데 그게 아니었습니다.

천 석 지기는 천 가지 걱정이 있고, 만 석 지기는 만 가지 걱정이 있다고 했던가요? 요즘은 이등병보다 제대를 앞둔 말년 고참 병장이 훨씬 더 많은 고민과 걱정 속에 있는 것 같습니다.

얼마 전 법회에 열심히 참석하고 있는 통신단의 자칭 의리의 사나이 최 병장과 차 한잔 나누며 이야기를 나눌 시간이 있었습니다. 이등병이나 일병 때는 그렇게도 힘들어 하더니만 병장이 되고 분대장을 맡은 날 녹색 견장을 달고 법당에 와서 한참 동안 무용담 섞인 자랑을 늘어놓는 통에 모두들 개구리 올챙이 적 생각 못한다고 놀려주며 한참을 웃었던 것이 불과 몇 주 전이었습니다.

그랬던 최 병장이 수심에 가득한 얼굴로 걱정을 털어 놓았습니다. 분대장이 되고 부대의 선임병으로 생활해 가면서 분대장으로서의 책임감이 큰 무게로 다가오고, 분대원들이 생각대로 잘 따르지 않아 느끼는 소외감도 크다는 것이었습니다.

그리고 얼마 남지 않은 제대와 복학, 취업에 대한 고민까지. 한숨 섞인 속사정을 한참 동안 듣고 나니 저도 마음이 무거워질 정도였습니다. 차라리 몸은 고달팠지만 마음만은 편했던 이등병 때가 좋았더라는 최 병장의 이야기를 들으며 우리들 일상의 모습도 마찬가지가 아닐까 하는 생각을 해 봤습니다.

항상 과거형으로 생각하며 '아 내가 예전에는 어땠는데 지금 돌이켜보니 후회가 막심하다'고 우리는 생각하는 경우가 많습니다. 왜 우리는 그때가 좋았던 것을 미리 알아차리지 못했던 걸까요?

최 병장도 이등병 때는 견장을 찬 선임분대장이 많이 부러웠
었다고 합니다. '아, 나도 제대 말년에 분대장이 되어 봤으면 좋
겠다.' 그런 생각 속에 살다가 막상 그 위치에 서 보니 그게 그렇
게 만만치 않았던 겁니다.

지금 이 순간, 이 자리가 나에게 가장 소중한 시간이 아닐까
하는 생각을 다시금 해 보게 됩니다. 군 생활도 마찬가지입니다.
멀리 제대의 그날만을 바라보며 생활하다 보면 하루하루가 지
겹고 힘들게만 느껴지는 법이지요. 지금 어렵고 힘들다고 느끼
는 이 순간이 시간이 지나고 나면 정겹고 그리운 순간들로 기억
될지도 모를 일입니다.

사실 저도 한창 행복할 때, 한창 즐거울 때를 모르고 있다가
지난 후에야 그때가 좋았구나, 형광등처럼 한 박자 늦게 느끼는
편이었습니다. 과거형으로 말하는 경우가 많았지요.

행복과 기쁨의 순간에는 막상 자라목처럼 움츠러들었다가 나
중에야 '아, 그때가 좋았었어!'라고 고개 끄덕인 적이 대부분이
었습니다.

최 병장과 긴 이야기를 나누고 나서 강원도 최전방 산골, 내가
있는 '이곳'이, 그리고 지금 나와 함께 있는 '이 사람들'이 정말
귀하고 소중한 인연들이라는 것을 새삼 깨달았습니다.

군 생활을 하고 있는 모든 장병들이 지금부터는 과거형으로 말하기보다 내가 발 딛고 있는 이곳에서 현재진행형으로 느끼고 감사하고, 맘껏 이 순간을 만끽하며 지냈으면 좋겠습니다.

그렇게 하지 않고 지내면 시간이 지나 또다시 후회하게 될지도 모르니까요.

강남 스타일

요즘 군부대 내의 매점인 충성마트에서 장병들에게 가장 인기 있는 품목은 간식류 같은 먹거리 제품이 아니라 남성용 화장품이라고 합니다. 심지어 국내 유수의 화장품 제조회사에서 군 장병용 위장크림을 만들어 PX에서 시판할 정도이니까 말입니다.

자기 피부나 취향에 맞는 클렌징폼이나 샴푸를 쓰는 것은 물론이고, 훈련을 앞두고 자외선 차단제를 바른다거나 야외훈련을 마치고 돌아와 생활관 침대에 누워서 얼굴에 마스크 팩을 붙이고 누워 있는 모습은 이제 별스런 모습이 아닌 게 되어 버렸습니다.

예전에 군 생활을 하셨던 분들에게는 깜짝 놀랄 일이겠지만, 그만큼 신세대들의 외모에 대한 관심이 커진 것을 고스란히 반영하는 것이 아닌가 싶습니다.

얼마 전 아주 재미있는 상담을 하나 하게 되었습니다. 평소 장병들과 상담을 하게 되면 주로 부대 복무와 관련된 인간관계 문제이거나 아니면 여자 친구 문제, 혹은 집안 일 등이 대부분이었는데 이번 경우는 좀 독특한 케이스였습니다.

소위 서울에서 '강남 스타일'을 표방하며 멋진 스타일을 자랑하다가 군에 입대한 박 상병은 똑같은 군복을 어떻게 하면 더 멋지게 입을 수 있을까, 그게 고민이었다고 합니다. 똑같은 전투복이지만 나름대로 그 전투복에 멋을 내려다가 고참들에게 자주 지적을 받아서 스트레스를 엄청 받고 있다는 박 상병.

박 상병은 부대 이발병이 대충 깎아 주는 머리 스타일이 너무 맘에 안 들어 짜증이 나고, 전투화도 항상 '물광'이나 '불광'으로 반짝반짝 빛이 나게 닦아야 하는데, 전투화 닦는 데 몰입하고 있으면 생활관에서 자신의 그런 모습을 이해해 주지 못해서 속상하다는 것이었습니다.

박 상병의 이야기를 한참 듣다 보니 웃음이 나기도 하고 군에까지 와서 별일 아닌데 너무 맘을 쓰고 있는 것이 아닌가 싶은 생각이 들었습니다.

멋을 내고 싶은 마음이야 이해할 수 있다고 하더라도 지금 몸담고 있는 군대는 단체 생활의 규율이 엄한 곳, 마냥 그 감각을 유지하도록 내버려 둘 수만은 없는 일이었습니다.

저는 몇 번의 만남을 통해 이제까지 외모의 스타일만을 생각
했다면 군 생활을 통해 앞으로는 내면의 스타일을 가꾸는 시간
을 가져 보라는 법사다운(?) 조언을 해 보았습니다. 하지만 너무
평범한 해결책이라서 그랬을까요? 멋과 스타일을 고집하던 박
상병은 그다지 마음에 와 닿아 하는 것 같지 않았습니다.

그래서 저는 한참 고민한 끝에 군복 다림질의 대가라고 불리
는 인접 중대 말년 병장의 군복다림질 노하우를 전수시켜 주는
것으로 상담종결을 유도했습니다. 그런데 의외로 결과는 대단
히 만족스러웠습니다.

다림질 기술을 마스터한 박 상병은 그 후 생활관에서 자신의
전투복뿐만이 아니라 휴가나 외출을 나가는 동료 전우들의 A급
전투복을 도맡아서 다림질해 주는 역할을 자청해서 맡게 되었
지요.

사실 군대는 복제 규정이란 것이 있어서 입는 방법이나 모양
새를 엄하게 통제하고 있습니다. 그럼에도 불구하고 우리 신세
대 장병들은 그 규정과 방침 안에서 살짝 자기만의 멋을 내는
군복스타일을 만들어 내기도 하고, 이른바 각을 잡기 위한 다양
한 노하우가 전수되기도 합니다.

휴가 장병들이 모여드는 버스 터미널이나 역사 광장 등지에
서는 나름대로 군복으로 한껏 멋을 낸 군인들을 볼 수 있는데

요, 전투화 손질에서부터 군복 줄잡기까지 엄청난 공(?)을 들인 모습을 볼 수 있어 나도 모르게 살며시 미소를 짓기도 합니다.

개성 강한 신세대들의 외모에 대한 취향이 군대에까지 많은 영향을 끼치고 있다는 생각이 듭니다. 그런데 저는 이런 모습들을 개탄하거나 나무라기보다는 오히려 이해하고 더 열심히, 그리고 멋지게 군 생활을 할 수 있는 계기로 만들 수 있지 않을까 하는 생각을 해 보았습니다.

아름다운 병영 생활은 스스로 가꾸어갈 때 더 의미가 있을 것입니다. 외모나 군복도 마찬가지가 아닐까요? 자부심을 갖고 당당한 매력을 지닐 수 있는 도구로 멋진 군복이 사용된다면 이 또한 좋은 일이 될 겁니다.

깔끔하고 멋진 제복에 반해서 군 생활에 매력을 느낀다는 사람들도 적지 않습니다. 박 상병이 휴가를 나가기 전 법당에 찾아와 칼날같이 날을 세운 군복을 자랑하던 모습이 눈에 선합니다. 그런데 어쩌지요? 최근 새롭게 보급되고 있는 신형 전투복은 다림질이 필요 없는 신소재 군복입니다.

우리 신세대 장병들은 이 신형 전투복을 입고 또 어떤 멋을 부리게 될지 궁금해집니다.

고정관념

얼마 전 잘 알고 지내던 젊은 장교의 부음計音을 듣
게 되었습니다. 평소 아주 건장한 체구에다 부대에
서 맡은 어렵고 힘든 일도 아주 잘 처리하는, 정말 누가 봐도 강
한 군인답다는 말이 어색하지 않을 그런 분이었습니다.

그런데 갑작스런 소식에 정말 많이 놀랐습니다. 시다림尸陀林
을 가서 자초지종을 들어 보니, 평소 건강을 너무나 자신하였던
지라 건강에 이상이 생겼음에도 불구하고 건강하고 튼튼했던
예전만 생각하고는 대수롭지 않게 여겼더랍니다.

오히려 '내가 옛날에는 20kg 군장을 메고 날아다녔는데 이까
짓 병쯤이야' 하고는 병을 병으로 받아들이지 않고 그럴 리가
없다며 '내가 그래도 무쇠체력인데 아직은 아무렇지도 않다'고
건강을 자신하고 다녔다는 것입니다.

거기에다가 자랑이라도 하듯, 조심하라는 군의관의 권유에도

아랑곳하지 않고 동료들과 회식도 하고, 무리한다 싶을 정도로 업무에도 더욱 열심이었다고 합니다.

그러기를 몇 달, 몸에 생긴 병을 인정하지 않고 가족들에게조차 알리지 않으며 지내다가 그만 큰일을 당하게 된 것이었습니다.

올 때는 순서가 있지만 갈 때는 순서가 없다고 했던가요? 영결식에 다녀온 뒤 몇 날 며칠 내내 무거운 마음을 가누지 못했습니다.

요즈음을 살아가는 사람들 대부분이 그렇지만, 특히나 군문에서 만나게 되는 분들 가운데는 유난히 고정관념에 사로잡혀 스스로를 옭아매고 있는 경우가 많은 것 같습니다.

나는 튼튼하고 건강하며 항상 정의롭고, 내가 하는 일은 언제나 바르고 정정당당하며 나는 강하고 흔들리지 않아야 한다는 고정관념들이지요. 언뜻 들으면 좋은 일 같지만 사실 내가 바라고 있는 나의 모습을 스스로 설정해 놓고 억지로 그 안에 나를 꿰어 맞추려 노력하는 경우나, 아니면 다른 사람들이 나를 이러이러한 모습으로 보아 주었으면 좋겠다는 생각들이 대부분입니다.

진짜 나와, 남들이 나를 이렇게 보아 주었으면 좋겠다고 생각하는 나는 분명 다를 수밖에 없습니다. 그런 생각으로만 살아가다 보면 오히려 그로 인해 더 많은 피해를 보거나 어려움에 봉착하게 되는 경우가 적지 않습니다.

난 원래 이런 사람이라는 고정관념. 그렇게 스스로가 만들어 놓은 틀에 얽매여 살다 보면 삶과 생활이 더욱 팍팍해지고 힘들어져서 결국 나 아닌 주변의 다른 이들까지 힘들고 피곤하게 만들곤 합니다.

한생각 돌이켜 생각해 보면 아무것도 아닌 일임에도 불구하고 마치 그것이 아니면 무슨 큰일이나 날 것처럼 호들갑을 떨거나 정말 사소한 일에 목숨(?)을 거는 무모한 일을 벌이기도 하지요.

내 안에는 수많은 모습이 함께 존재하고 있습니다. 자신의 모습을 있는 그대로 인정할 줄 알아야 합니다. 약하면 약한 대로, 강하면 강한 대로의 지금 내 모습이 중요한 것입니다.

자기중심적인 고정관념에 사로잡히지 않는 것. '나는 이러한 사람이다' '그렇기 때문에 반드시 이러이러해야만 한다'는 생각. 그걸 내려놓아야 하지 않을까요? 불교의 무아無我나 무상無常을 너무 거창하고 어렵게만 생각하지 않았으면 좋겠습니다.

고정 불변하는 나의 실체는 본래 존재하지 않는 법입니다. 내 성격이나 개성은 항상 변할 수 있고 바뀔 수 있다는 사실을 받아들여야 합니다. 모든 것은 인연에 따라 나타나고 인연에 따라 사라지는 것. 이럴 땐 이렇고 저럴 땐 저렇게 나타나는 나의 성격을, 변하지 않는 '나'라고 믿어버리는 어리석음에서 벗어나야 합니다.

고정관념이 어쩌면 나를 짓누르는 가장 큰 마음의 중병重病이 될 수 있음을 알아야 하겠습니다.

제대 연기

3월이 시작되었는가 싶더니만 벌써 4월을 눈앞에 두고 있습니다. 시간이 지나는 것이 모두에게 아쉽게 느껴지지만, 사실 군복무를 하고 있는 장병들에게는 어서 빨리 시간이 지나기를 바라는 마음이 대부분입니다.

"국방부 시계는 오늘도 돌아간다."는 말을 들어 보셨는지요? 바로 제대의 그날만을 바라보며 하루하루를 보내고 있는 말년 고참 병장들에게는 더욱 와 닿는 말일 것입니다.

제가 얼마 전 들었던 이야기는 제대를 앞두고 있는 병장들의 일반적인 모습과는 전혀 다른 사례여서 오늘 소개해 드릴까 합니다.

인근 부대 보급 수송 근무대에 근무했던 김 병장은 제대를 얼마 앞두고 있지 않은 그야말로 말년 고참이었다고 합니다. 떨어지는 낙엽도 조심해야 한다는 말년 고참 김 병장. 그런데 후임병이 갑작스런 사고로 의무대에 입실을 하게 되었다고 합니다.

후임병의 입실도 큰 걱정이었지만 더더욱 걱정이었던 것은 부대가 큰 훈련을 앞두고 있는 상황이어서 만약 김 병장과 후임병 모두 자리를 비우게 되면 남아 있는 전우들 모두에게 여간 곤란한 일이 아니라는 점이었습니다.

그래서 김 병장은 기꺼이 제대를 열흘이나 뒤로 연기하여 무사히 부대 훈련을 마치고 고향으로 돌아가겠노라고 지휘관을 찾아가 제대 연기 부탁 말씀을 드렸다고 합니다.

하루라도 빨리 집으로 돌아가 편히 쉬고 싶은 것이 당연한 마음일 텐데 김 병장의 책임감은 부대의 산적한 업무를 나 몰라라 하고 집으로 돌아가게 만들지 않았던 모양입니다.

김 병장은 전우들과 어려운 훈련을 무사히 마치고 제대를 하게 되었고, 그 사실을 전해들은 부대장도 특별 표창장을 수여하였다고 합니다.

사실 제대 말년이 되면 하루가 일 년같이 느껴진다고 말할 정도로 시간이 더디 흘러간다고 하지요? 그런 때 김 병장은 부대와 전우들을 위해 기꺼이 제대를 뒤로 미루고 모두와 함께 어려운 임무수행을 마다하지 않았다고 하니 동고동락의 전우애가 이런 게 아닐까 싶었습니다.

흔히들 요즘 젊은이들은 책임감도 부족하고 나약해서 걱정이라는 말들을 많이 합니다만, 사실 군 장병들을 만나 이야기를 나누다 보면 정말 믿음직스럽고 의젓한 젊은 청년들을 적지 않게 만날 수 있습니다.

부모님 슬하에서 그저 편안하게 자라오면서 아무것도 할 줄 모를 것만 같았던 자식들이 제대를 하고 나니 많이 달라지는 모습을 보신 적이 있으실 겁니다.

흔히들 남자는 군대에 다녀와야 어른이 된다는 말들을 많이 합니다. 전 처음 이 말을 들었을 때 그저 군에 가게 된 젊은 청년들을 위로하기 위해 하는 말로 들었습니다. 그런데 군에서 젊은 장병들과 시간을 보내게 되면 보내게 될수록 이 말에 담긴 깊은 의미를 되새기게 됩니다.

그저 단순히 2년여의 시간을 보내는 것만으로 모두 다 어른이 되는 것은 아닐 것입니다. 군복을 입고 총검술을 하고 태권도 단증을 따는 것만으로 어른이 되는 자격을 얻는 것은 더더욱 아닐 겁니다.

어렵고 힘든 난관을 겪어내고, 어려움을 극복해 가며, 나와 다른 생각을 가진 많은 사람들 속에서 나를 살펴보는 귀한 시간을 가져 보는 것은 어찌 보면 그 무엇과도 바꿀 수 없는 귀한 경험이 될 수 있을 것입니다.

거친 바다가 뛰어난 어부를 만든다는 말이 있듯이, 우리 젊은

이들은 어렵고 힘들게만 느껴지는 군복무를 통해서 점점 성숙하고 한 걸음씩 더 나아가게 되는 것이 아닐까요?

　주변 사람들의 어려움을 나 몰라라 하지 않고 기꺼이 제대를 연기해 가며 전우들과 동고동락한 김 병장의 이야기를 전해 들으면서, 군복무를 통해 보다 성숙한 어른이 되어 가는 우리 군 장병들이 마냥 자랑스러워졌습니다.

최선을 다하는 사람이 가장 아름답다

얼마 전 방문했던 신병교육대 훈련장 이야기를 소개해 드릴까 합니다. '신병교육대' 하면 군에 다녀온 분이라면 누구나 좋건 싫건 신병교육 시절의 힘든 추억을 간직하고 있을 것입니다.

처음 경험해 보는 총검술이며 화생방, 각개전투 등은 육체적으로 힘든 것도 힘든 것이려니와 극기력의 한계를 체험하게 하는 것들이어서 마냥 어렵게 느껴지기 마련이지요.

그래서 신병교육대에 인성교육차 방문하게 되면 꼭 위문품을 함께 가지고 가서 잠시라도 긴장을 풀고 함께 웃을 수 있는 시간을 보내고 옵니다.

그날도 인성교육이 있어 시원한 음료수 한 상자를 사들고 예정된 시간보다 좀 빨리 신병교육대에 도착했습니다. 교육 시간 전까지 시간이 제법 많이 남아 있었기에 저는 사무실에 앉아 창

밖으로 연병장의 모습을 바라보고 있었습니다.

연병장에서 조금은 어색하게(?) 훈련받는 훈련병들의 모습을 찬찬히 살피면서, 어떤 방법으로 위문을 하면 좋을까 고민하고 있던 저에게 유난히 눈에 띄는 소대장님 한 분이 있었습니다.

오전 시간이었지만 삼복 즈음에 무더위는 상상을 초월할 정도였습니다. 모두들 힘들어 하고 있는 와중에도 그 소대장님은 얼굴에 땀방울이 송골송골 맺혀가며 열정적으로 최선을 다해 훈련병들을 지도하고 있었습니다.

너무도 진지한 모습을 보며 참 잘 한다는 생각을 했었는데 훈련을 마치고 방탄 헬멧을 벗는 모습을 보고 저는 깜짝 놀랐습니다. 그 당당하고 멋진 모습으로 훈련병들을 지도하던 소대장님은 바로 여군이었던 겁니다.

창밖으로 바라보던 제 선입견이 너무 강했었던 걸까요? 당연히 남자였을 거란 제 예단이 부끄러워졌습니다. 언젠가 사람이 가장 아름다울 때는 자기가 맡은 일에 최선을 다하는 모습이라는 글을 읽은 적이 있습니다.

우리는 흔히 겉으로 드러난 모습을 보고 그 사람을 속단해 버리는 경우가 많습니다. 내 기준, 내 판단으로만 그 사람을 결정지어 버리는 것이지요. 그 소대장님은 TV 속 드라마에 나오는 20대 중반의 도시 여인처럼 뽀얀 피부와 멋진 명품브랜드의 옷을 갖추어 입지는 않았습니다.

오히려 검게 그을린 피부와 땀에 젖은 군복을 입고 있었습니다. 그러나 열정을 다해 최선을 다하는 그 모습만큼은 누구보다 아름다운 모습이었습니다.

그날 훈련병들과 인성교육을 진행하며 나눈 이야기의 주제는 자연스럽게 '모든 일에 최선을 다하는 사람이 가장 아름답다'가 되어 버리고 말았습니다.

겉으로 드러나는 아름다움은 눈 한 번 감으면 사라져 버리지만 마음으로 느껴지는 아름다움은 천만 번 눈을 감아도 사라지지 않는 법입니다.

열심히 최선을 다하는 여군 소대장님에게서 나 또한 많은 것을 배울 수 있는 하루가 되었던 신병교육대 훈련장의 기억은 저에게 아름다운 병영을 만들어 가는 또 하나의 추억이 되었습니다.

여러분들은 지금 어떤 일에 열정을 다하고 계신가요? 그 열정을 다하는 당신의 모습이 가장 아름답습니다.

행군, 그리고 십분 간의 휴식

여름휴가들은 잘 다녀오셨는지요? 유난히 비가 잦았던 올해 여름이었는데요. 아마도 비 때문에 온전히 휴가를 즐기지 못하신 분들도 적지 않았을 것 같습니다.

바다로, 산으로 혹은 계곡이나 유명한 해외 피서지로 여유로운 여름휴가를 다녀오지 못해 아쉬운가요? 오늘은 우리 국군 장병들이 쉬는 모습에 대해 말씀드려 볼까 합니다.

잘 아시다시피 군대에서는 각종 훈련이나 부여된 임무 때문에 몇 날 며칠씩 온전히 쉬지 못하는 경우가 많습니다. 하루 종일 걷기도 하고, 심지어 특수 임무를 수행하는 부대에서는 여러 날을 산속에서 헤매기도 합니다.

그뿐인가요? 유격훈련에, 공수교육에, 천리행군 등 이루 다 열거하기 어려울 만큼 많은 훈련을 해 내고 있는 곳이 바로 군대입니다.

그중에서도 일반 병사들이 가장 어렵고 힘들다고 여기는 훈련의 하나가 바로 행군인데요. 얼마 전 행군을 하고 있는 부대에 위문을 가서 장병들과 함께 시원한 음료수를 나누어 마시며 10분간의 휴식에 대한 이야기를 나눈 적이 있었습니다.

그렇게 어렵고 힘든 행군 뒤에 찾아오는 10분간의 휴식이야말로 정말 꿀맛 같습니다. 아마도 경험해 보지 못한 분들은 그때의 그 기분, 그 느낌을 이해하기 쉽지 않으실 겁니다.

하루 종일 늘어져 빈둥거리는 사람에게 10분간, 아니 1시간을 쉬라고 한들 그 시간은 아무런 의미도 없는 시간이 될 겁니다. 그러나 몇 시간 열심히 일하고 땀흘린 사람에게 찾아오는 잠깐의 휴식은 정말 감사하고 고맙게만 느껴지는 법이지요.

'아, 10분이란 짧은 시간이 이렇게 귀하고 고마울 수도 있구나' 하는 생각, 군대에서만 느낄 수 있는 소중한 깨달음이 아닐까 하는 생각을 해 봅니다.

얼마 전 만난 전입 신병이 제게 이런 말을 하더군요. 군에 와서 모든 것이 힘들고 어색하게만 느껴져서 자신감도 없고 뭘 한다고 하면 덜컥 겁부터 나곤 했었는데, 유격훈련과 복귀 행군 40km를 해내고 나니까 자기도 뭐든지 할 수 있겠다는 자신감이 생기더라나요?

자기가 그 거리를 걸을 수 있을 것이라곤 생각조차 못했었는데 그 먼 거리를 무거운 군장을 메고 완주했다는 사실이 자기 자신을 정말 뿌듯하게 만들었다고 당찬 목소리로 이야기하는 모습을 보고 참 대견해 보였습니다.

그 전입 신병의 모습에서 우리들 모두의 모습을 봅니다. 걱정 많고 나약하고 자신감 없는 나 자신, 내가 과연 깨달음을 얻을 수 있을까 드는 회의감. 항상 화내고 욕심 많고 중생심으로 가득 차서 생활하는 내가 어떻게 깨달음을 이루고 부처가 되나 하는 걱정들이 항상 우리를 붙들고 놓아 주지를 않지요?

그런 생각에 머무르면 영원히 한 걸음도 앞으로 나갈 수 없습니다. '나에게는 행군이 너무나 힘들어', '어떻게 내가 40km를 걸을 수 있어? 그건 불가능해!'라고 주저앉아 있는 이등병과 마찬가지인 것입니다.

그러나 첫 걸음을 한 걸음 한 걸음 옮겨 나가기 시작하면 그 거리는 결코 먼 거리가 아닙니다. 완전군장 행군을 마치는 장병들이 대단한 체력을 가지고 있어서 그 행군을 해 내는 것이 아닙니다. 해 내야겠다는 자신감과 의지, 그리고 함께하는 전우들의 마음이 하나로 모아져 같이 걸음을 옮기면서 불가능할 것만 같은 그 행군을 해 내는 것입니다.

어느 유명한 산악인이 그런 말을 하더군요. 세계 최고봉인 히말라야 에베레스트 산을 오를 때도 한 걸음 한 걸음 내 발밑을 바라보며 걷다 보니 어느새 세계의 정상에 올라와 있더라고 말이지요.

불교에서는 '조고각하照顧脚下'라는 가르침이 있습니다. 내 발밑을 살피라는 말씀인데요. 내 한 걸음을 어떻게 디뎌 나가느냐에 따라 내 삶의 방향도 다르게 만들어 나갈 수 있으리라고 생각해 봅니다.

어른이 된다는 것

       내일은 성년의 날입니다. 법률상으로 만 20세가 되
는 때를 일러 '성인이 되었다'고 해서 많은 의미를
부여한 행사가 열리기도 합니다. 성년, 어른이 된다는 것은 과연
어떤 의미일까요?

  우리나라 남성의 경우 저는 아마도 군대를 통해 가장 많이 성
숙하고 성장하는 것이 아닐까 하는 생각을 해 봅니다. 흔히들
남자는 군대에 다녀와야 어른이 된다는 말을 많이 합니다.

  그건 아마 군대에서 단순히 2년여의 시간을 보내고, 총을 쏠
줄 알거나 군대에서 태권도 단증을 따서가 아니라, 군대에서 느
끼고 경험하고 배운 것을 통해 군대에 오기 전보다 더 성숙하고
발전했기 때문이라고 생각합니다.

  팔도 사나이들이라고 불릴 만큼 다양한 생각과 경험들을 가
지고 군대에 들어오는 젊은이들과 부대끼며 생활하면서 다듬어

지고 때로는 부딪히면서 어른이 되어 가는 것이 아닐까요?

사실 요즘 젊은이들은 예전과 달리 군대에 오기 전까지 온전한 사회생활을 경험하기가 쉽지 않은 것 같습니다. 부모님 슬하에서 아무런 고생이나 걱정 없이 지내면서 입시 경쟁에 치여 공부에만 매달리다가 군대에 오는 경우가 대부분입니다.

그렇지 않은 경우도 물론 있습니다만, 어렵고 힘든 일에 부딪히면 쉽게 포기하거나 주변에 도움을 청하고 망연자실하는 경우가 많습니다.

그렇지만 어디 군대라는 곳이 그리 만만한 곳이던가요? 어렵게만 느껴지고 생소하게 느껴지는 임무와 훈련을 감당해 내면서 힘들더라도 내 스스로가 책임과 의무를 다하게 되는 법을 새롭게 익혀 나갈 수도 있을 것입니다.

얼마 전 제대한 군종병이 반갑게 찾아와 정겨운 시간을 가지게 되었습니다. 마침 지금 함께 있는 군종병이 입대한 지 얼마 되지 않은 이등병이어서 후배에게 좋은 경험담을 이야기해 보라고 권했더니만, 군대에 처음 왔을 땐 내 한몸 챙기기에도 급급했었는데 제대 말년이 되니 주변의 동료들과 후임병들까지 챙기게 되더라는 말을 하더군요.

나도 모르게 미소가 지어졌습니다. 개구리 올챙이 적 생각 못한다고 그 제대한 군종병도 이등병 시절에는 정말 실수연발에 좌충우돌이어서 걱정이 이만저만이 아니었습니다. 그런데 시간이 지나고 군종병으로서의 경험을 쌓으면서 조금씩 시야도 넓어지고 생각도 깊어지는 걸 느낄 수 있었습니다. 어른이 된다는 것이 이런 게 아닐까 하는 생각을 해 봤습니다.

대단하고 엄청난 그 무언가에서 성숙과 발전을 찾기보다는 나보다 내 주변을 살필 줄 아는 눈으로 살아갈 수 있다는 것만으로도 참 큰 공부를 한 것이 아닌가 싶습니다.

그런 경험을 한 장병들은 군복을 입기 전의 모습과 군복을 벗고 사회로 다시 돌아갔을 때의 모습이 아마도 많이 달라져 있을 것입니다. 세상을 새롭게 느끼고 볼 수 있는 눈을 가지게 된다면 그것이 바로 진정한 어른이 되는 것이 아닐까요?

군문에 있는 젊은이들이 군 생활을 마냥 힘들고 어려운 시간이라고만 생각하기보다는 군복무를 통해 보다 성숙하고 어른스러워지는 계기로 만들게 되기를 기대해 봅니다.

몸이 커지고 나이를 먹는 것만으로 어른이 되었다고 말할 수는 없을 것입니다. 부여된 임무를 수행해 나가면서 어려움도 있고 힘든 일도 있을 것입니다. 그러나 그 어려움을 극복해 가면서 조금씩 장병들은 어른이 되어 가는 것이라고 생각합니다.

남자는 모름지기 군대를 다녀와야 어른이 된다고 하신 어르신들 말씀이 새삼스레 와 닿습니다.

이 일병의 첫 휴가

여러분은 혹시 군에서 맞이하는 휴가에 대한 감상을 아시는지요? 아마 군에 다녀오신 분들이라면 누구나 공감하실 텐데요. 그 귀하다는 포상휴가증이 걸린 체육대회나 각종 경연대회에서는 그야말로 물불 안 가리는 대 격전이 벌어지기도 합니다.

이처럼 모든 병사들이 손꼽아 기다리는 휴가. 그것도 입대 후 맞는 첫 휴가의 추억은 오랜 세월이 흐른 후에도 잊혀지지 않을 만큼 소중하기만 합니다.

그런데 이렇게 금쪽같이 귀한 첫 휴가 기간에 남몰래 시골 마을에서 영어교육 봉사활동을 한 병사의 사연이 뒤늦게 알려져 병영에 훈훈함을 더하고 있습니다. 화제의 주인공은 육군 교육사령부에 근무하는 이 일병입니다.

사실 이 일병의 나이가 좀 많습니다. 거기에는 사연이 있다고 합니다. 이 일병은 미국으로 유학을 떠나 거기에서 대학을 졸업한 후 로스쿨에서 법률학을 전공하던 중 유학생활을 잠시 접고 자진 입대한 것이라고 합니다. 미국에서 유학하며 시민권을 취득할 기회도 있었지만 이를 포기하고 병역의 의무를 이행하기 위해 입대했다고 합니다.

늦은 나이에 입대한다는 소식을 접한 주변 지인들이 입대를 말리기도 했지만, 평소 정치·사회 분야에 관심이 많았던 그는 학업을 마친 후 조국에서 자신의 꿈을 펼치겠다고 마음먹었기 때문에 군 입대는 당연한 의무라며 오히려 지인들을 설득했다고 하네요.

입대 후 첫 정기휴가를 앞두고 무엇을 할지 고민하던 중 이 일병은 이런 고민을 단박에 해결해 주는 소식을 듣게 됩니다. 바로 자신이 미국에서 유학 시절 활동했던 봉사단체가 방학 동안 봉사활동을 위해 우리나라로 입국한다는 것이었습니다. 때마침 봉사활동 기간이 자신의 휴가와 일치한다는 사실을 확인하고 이 일병은 망설임 없이 봉사활동에 참가하기로 결심했습니다.

휴가 기간 동안 이 일병은 지난달 시골 마을 여자중학교 영어캠프의 '군인 교사'로서 학생들과 소중한 시간을 가졌습니다. 유학생활에서 갈고 닦은 영어실력을 유감없이 발휘하여 멋진 수업을 펼쳤다고 하는데요, 처음에는 자신을 선생님이라고 부르는 학생들이 낯설게만 느껴졌는데 나중에 헤어질 때는 너무 아쉬워 눈물이 났다는 이 일병.

그런 마음을 알았는지 짧은 만남이었지만 군인선생님에게 가르침을 받은 학생들도 헤어질 때 버스 터미널까지 나와 이 일병을 배웅하며 첫 휴가를 온전히 반납하고 자신들을 가르쳐 준 군인 선생님께 감사의 인사를 했다고 합니다.

"휴가 기간 중 학생들을 위해 보낸 시간이 내게 평생 잊지 못할 추억이 됐다."며 다음 휴가 때도 꼭 봉사활동을 하며 추억을 쌓겠다고 말하는 이 일병의 모습에서 나약하고 아쉬움 많은 신세대 젊은이들에 대한 우려는 먼 다른 나라 이야기로만 들렸습니다.

휴가도 휴가려니와 시간이란 것은 어떻게 쓰느냐에 따라 가치와 의미가 달라지는 법입니다. 이 일병이 보낸 멋진 휴가 소식을 접하면서 나에게 주어진 시간을 지금 어떻게 쓰고 있는가에 대한 생각을 새삼 해 보게 되었습니다.

시간은 어떻게 채워내느냐에 따라 느낌이 참 많이 달라지는 것 같습니다. 백일휴가, 정기휴가, 포상휴가, 청원휴가 등 군에는 많은 종류의 휴가가 있습니다. 그저 놀고 먹고 즐기는 휴가보다 누군가를 위해 봉사하고 보람을 찾은 이 일병의 휴가 이야기는 다시금 우리들에게 많은 것을 생각하게 하는 것 같습니다.

휴가는 그저 쉬기 위해서만 존재하는 것은 아닌 것 같습니다.
장병 여러분은 다가오는 휴가를 어떻게 보낼 생각이신지요?

귀신퇴치작전

병사들과 동고동락하면서 정말 다양한 체험을 하게 되는 군법사 노릇이지만, 그 가운데서도 일반 사회에서는 좀처럼 접해 보지 못할 독특한 일들을 경험하게 되는 경우가 종종 있습니다.

벌써 여러 해 전의 이야기입니다만, 그때 경험한 일화는 저에게 오랫동안 잊혀지지 않을 소중한 추억이 되고 있습니다.

몇 년 전 삼복더위가 한창이던 중부전선 GOP 부대에서 있었던 일입니다. 평소 가깝게 지내던 수색대대장님께 연락이 왔습니다. 긴히 나누고 싶은 이야기가 있다고 말이지요.

놀라서 달려갔더니만 며칠 전 DMZ 야간 매복 작전 중 총기 오발사고가 있었다고 하더군요. 그거야 뭐 사단에도 보고된 일이라 저도 알고 있는 터였는데 자초지종을 들어 보니 속사정이 좀 있었습니다.

그것은 다름이 아니라 총기 오발사고를 냈던 병사들이 오발이 아니라 사실은 귀신을 보고 총기를 발사했다고 주장하는 것이었습니다.

그 지역은 6·25 당시부터 워낙 격전지로 유명했던 곳으로 아직도 유해가 가끔씩 수습되는 곳이었던지라, 그렇지 않아도 꺼림칙해서 매복을 꺼리는 곳이었다고 합니다.

혼자만 그렇게 보았다면 잘못 보았다고 치부해 버리고 말았을 텐데, 매복을 섰던 두 사람 모두 똑같은 모습을 보았고, 총기 오발사고까지 있었던 터라 수색대대 전 장병들의 분위기가 뒤숭숭해지고 사기가 이만저만이 아니라는 것이었습니다.

그저 단순한 위문과 위로만으로 해결될 일이 아닌 듯하여 그쪽 지역 매복을 담당하는 중대원 전원을 불러 모아 놓고 인성교육을 겸해 이야기를 나누어 보았습니다.

장병들이 판타지소설을 너무 많이 접했기 때문이었을까요? 이야기를 들어 보니 각자 상상의 나래를 펴며 너무 극단적인 그림을 그리고 있었습니다.

그대로 두었다가는 좀 문제가 되겠다 싶어 "아무 걱정하지 마라. 내가 이 분야에는 전문가다. 거기에 가서 기도 한번 하면 다시는 귀신 같은 건 절대 나타나지 않을 것이다."라며 안심을 시켰습니다.

그렇게 호언장담이라도 하지 않으면 불안감이 더욱 가중될 것 같았습니다. 사실 전 그때까지 매복 작전에 동참한 적이 한 번도 없었지만 그들에게 용기를 주어야겠다는 심산으로 자신 있게 DMZ 동반 매복에 들어가 함께 기도를 하겠노라 선언을 했습니다.

제 나름대로는 장병들을 안심시키기 위한 일종의 작전이었는데 그게 수색중대원들 사이에서는 일명 '귀신퇴치작전'에 법사님이 출동하는 것으로 되어 버리고 말았습니다.

어찌되었건 특별 기도를 하기는 해야겠기에 법당에 가지고 있던 가장 큰 목탁을 준비했습니다. 그리고는 수색중대원들과 다음 날 DMZ 동반 매복을 들어가게 되었습니다.

군종 장교는 비무장 비전투 요원인지라 총을 들지는 않았지만 두꺼운 방탄조끼에 헬멧을 쓰고 문제의 그 매복지점까지 가는 동안 저는 땀을 수억 톤쯤 흘리고 숨이 턱까지 차오르는 순간이 여러 번이었습니다.

평소 운동을 좀 열심히 했더라면 좋았을 것을 하고 얼마나 후회를 많이 했는지 모릅니다. 지뢰밭이 즐비한 이런 험지를 매일같이 수색하고 매복하는 장병들이 정말 대단하게 느껴졌습니다.

어렵게 귀신이 출몰한다는 그 매복지에 도착하여 저는 정성을 다해 목탁을 두드리며 경전을 독송하고 기도를 올렸습니다. 6·25 때 산화한 이름 모를 호국영령들과 군복무 중 사고로 순직한 많은 영가들을 위한 기도였습니다.

또한 그때의 기도는 떠나간 분들을 위한 기도이기도 했지만 한편으로 불안과 걱정으로 가득 차 있는 수색중대원들을 위한 기도이기도 했습니다.

이렇게 기도를 모시는 동안 제 주변에서는 나머지 수색대원들이 경호작전을 펴며 경계를 서고 있었습니다.

상상이 되시는지요? 비무장지대 DMZ 한복판에서 법사는 목탁을 열심히 두드리고 수색대원들은 무장을 한 채 경계를 서고 있는 모습이요.

어쨌든 수색중대원들의 보호 덕분에 저는 기도를 마치고 무사히 복귀할 수 있었습니다. 그 기도를 마치고 난 뒤 수색중대원들 사이에서 다행히도 매복 근무 기피현상은 사라지게 되었고요.

모든 것은 마음이 만들어 내는 것이라는 말처럼, 사실 그때 그일은 제 기도 덕분이라기보다는 수색중대원 모두에게 용기를 주려고 했던 의도가 성공한 것이 아닐까 합니다.

여하간 이른바 군종 법사의 '귀신퇴치작전'은 성공을 하긴 한 것 같습니다. 다시는 귀신을 보았다는 병사들이 나오지 않았으니까요.

지금 생각하면 헛웃음이 나오는 이야기지만, 그때 당시엔 저나 수색중대원 모두에게 꽤나 진지하고 힘든 시간들이 아니었었나 싶습니다. 종교는 비록 달랐지만 함께 기도하며 부대원 모두를 위해 마음을 모았던 그때 추억은 지금도 생생하게 남아 있습니다.

그때 수색중대원들은 아마도 모두 전역을 했을 것입니다. 그들의 추억 속에 그 해 여름 함께 땀 흘리며 매복 작전을 나가 DMZ 한복판에서 목탁을 두드리던 군종 법사의 모습은 어떻게 남아 있을지 궁금하기만 합니다.

세 번째 이야기

낙엽을 쓸면서

가을입니다. 산과 나무가 아름다운 색으로 물들고
덩달아 바라보는 사람들의 마음도 물드는 것 같습
니다. 제가 머물고 있는 강원도 최전방 부대 주변에도 붉은 단
풍이 곱게 물들어 보는 이들을 미소 짓게 하고 있습니다.

사춘기 소녀의 감성이 아니더라도 이 가을에 곱게 변한 단풍
과 떨어져 뒹구는 낙엽을 바라보는 마음은 누구나 시인이 되고
덧없는 인생과 변화하는 삶을 이야기하게 되는 것 같습니다.

얼마 전 만난 본부대의 박 이병은 영내에 떨어진 낙엽을 쓰는
일이 여간 어렵지 않아서 낙엽이 원망스럽다고도 하던데요. 전
입 온 지 얼마 되지 않은 우리 박 이병의 눈에는 아름다운 단풍
과 떨어지는 낙엽이 그저 작업의 대상으로만 여겨지는 것 같았
습니다.

지난 주말 전국적으로 단풍 나들이를 나온 관광객들로 인해

유명한 명산들이 몸살을 앓을 정도였다고 하니, 이 가을의 단풍을 바라보는 마음들은 거창한 사색의 시간을 갖는 철학자의 마음까지는 아니라 하더라도, 그저 바라만 봐도 미소가 지어지고 설레는 마음은 어쩔 수 없는 모양입니다.

단풍을 보면 흔히들 '예쁘다', '아름답다'라고 합니다. 그런데 얼마 전 우연히 "단풍은 나뭇잎이 죽기에 앞서 장렬하고도 슬픈 예식을 치르는 것"이라는 국립수목원 이유미 박사의 글을 읽었습니다. 단풍을 그저 예쁘게만 볼 일이 아닌가 봅니다. 빨갛고 노란 그 이파리들이 나무로 봐서는 아픔이고 고통의 드러냄이라는 것이지요.

나무가 신록의 여름에서 겨울로 넘어가는 과정에서 환경에 적응하기 위한 아픔의 표현이 단풍이요 낙엽이라는 글을 읽으며 여러 가지 생각을 하게 되었습니다.

물들어 가는 그 아픔이 반드시 있어야만 되는 것이라네요. 그래야 낙엽이 되어 떨어지고, 떨어져야 이파리가 쌓이고 썩어서 거름이 되어 겨울을 이겨낼 수 있다는 것입니다. 그래야 봄을 맞이해서 새순이 돋고 꽃을 피워낼 수 있다니, 집착을 내려놓고 비워야 얻을 수 있다는 부처님 가르침이 새삼스레 와 닿습니다.

같은 이야기인데요. 로키산맥 해발 3천 미터 높이에 수목한계선인 지대가 있는데, 이 지대의 나무들은 매서운 바람으로 인해

곧게 자라지 못하고 이리 뒤틀리고 저리 뒤틀려 '무릎 꿇고 있
는 모습'을 한 채 자생한다고 합니다. 이 나무들은 열악한 조건
이지만 생존을 위해 불가사의한 힘으로 인내하며 조금씩 아주
조금씩 자라나게 됩니다.

그런데 세계적으로 가장 공명이 잘 되는 명품 바이올린은 바
로 이 '무릎 꿇고 있는 나무'로 만든다는 이야기를 들은 적이 있
습니다.

우리가 병영 생활을 해 나가면서 흔히들 어려운 일이 있거나
힘든 일과 만날 때 도망가려 하거나 외면하려는 경우가 많습니
다. 그저 쉽게 순간을 넘기려고만 하고 편안하게 살려고만 합니
다. 왜 나에게 이런 시련이 닥쳐오는가 원망하고 한탄하면서 좌
절하고 낙망하기도 하지요. 그런데 군 생활을 해 나가면서 똑같
은 시련과 역경이 찾아오더라도 그 역경을 통해 성숙하고 한걸
음 나아가는 사람이 있는가 하면, 오히려 주저앉고 포기해 버리
는 경우도 있습니다.

같은 바람이 불어도 어떤 배는 그 바람 때문에 더 힘차게 나
아가고 어떤 배는 그 바람으로 인해 침몰하게 되기도 합니다.
아픔과 상처를 새롭게 거듭날 수 있는 양분으로 삼는다면 보다
더 성숙하고 발전할 수 있는 계기가 될 수도 있을 것입니다. 걸
림돌을 디딤돌로 삼는 지혜가 필요한 것이겠지요.

아름다운 영혼을 갖고 인생의 절묘한 선율을 내는 사람은 아무런 고난 없이 좋은 조건에서 살아온 사람이 아니라 온갖 역경과 아픔을 겪어 온 사람입니다.

깊어가는 가을에 단풍을 바라보면서 장병 여러분들도 자신만의 아름다운 빛깔을 낼 수 있는 방법에 대해 한번쯤 생각해 보셨으면 합니다.

들꽃을 바라보며

10월에 들어서면서 기온이 많이 내려갔습니다. 전방의 고지에서는 벌써 월동 준비를 시작한다는 이야기도 들려오던데요. 겨울을 준비하면서도 각 부대에서는 여러 가지 임무와 각종 훈련에 여념이 없으실 겁니다.

오늘은 장병 여러분들께 들꽃에 대한 말씀을 드려볼까 합니다. 전후방 각지에서 임무에 여념이 없으실 장병 여러분들에게 웬 한가한 들꽃 타령이냐고 반문하실지도 모르겠습니다만, 꽃은 눈앞에 보이는 꽃만 있는 것이 아니거든요.

부처님께서 연꽃 한 송이를 들어 올리시니 가섭존자께서 홀로 그 뜻을 아시고 미소를 지었다는 염화시중의 미소를 떠올리며 오늘 이야기를 시작해 볼까 합니다.

얼마 전 제가 근무하는 곳에서 그리 멀지 않은 곳에 있는 곰배령이란 높은 고개를 다녀올 기회가 있었습니다. '천상의 화원'이라는 별명을 갖고 있을 만큼 워낙 단풍과 들꽃으로 유명한 곳이라기에 벼르고 별러서 올라온 곳이었습니다. 그런데 강원도 골짜기 깊은 산속이었는데도 불구하고 그곳에는 제법 많은 사람들이 오르내리며 들꽃 천지를 즐기고 있었습니다.

그동안 들꽃이나 야생화에 대해 그다지 관심이 없었던 저는 들꽃을 보러 모여든 많은 사람들도 사람들이려니와, 그렇게 다양한 종류의 들꽃과 야생화가 있다는 사실에 놀라지 않을 수 없었습니다.

애기앉은부채, 동자꽃, 노루오줌, 금강초롱 등 이름도 예쁜 들꽃 들풀들이 지천으로 피어 있는 곰배령 정상에 올라, 향기나 빛깔 모양새가 각각인 수많은 들꽃들을 살펴보며 한참 동안 좋은 시간을 보낼 수 있었습니다.

그런데 그곳에서 많은 사람들과 이야기를 나누면서 한 가지 느낀 점이 있습니다. 아름다운 꽃이 피고, 그 아름다움을 보기 위해 많은 사람들이 모여들지만, 그 들꽃들을 바라보는 사람들의 눈은 다 각각 다르다는 사실입니다.

어떤 이는 이 꽃이 정말 예쁘고 아름답다고 말하는데 어떤 이는 그 꽃이 뭐가 좋으냐며 핀잔을 주기도 하더군요. 모여든 많은 사람들 중에 어떤 이는 유명한 금강초롱이 좋다하고 어떤 이름 모를 들꽃이 좋다고 했습니다.

어떤 이는 우리의 토종 야생화가 좋다는가 하면 한쪽에서는 너무 소박해 보인다며 장미나 백합 같은 꽃들이 좋다고 목소리를 높이곤 했습니다.

이렇듯 꽃의 그 짧은 아름다움을 볼 때도 어떤 마음으로 어떻게 보느냐에 따라 느낌이 많이 달라지는데 하물며 일상사를 접하는 마음가짐의 눈이야 말해 무엇 하겠나 싶었습니다.

장병 여러분들이 겪는 병영 생활도 똑같은 처지와 환경임에도 불구하고 어떤 이는 늘 웃음 속에 살고, 어떤 이는 늘 우울하고 어두운 모습을 하고 있는 경우가 있습니다.

이것이 바로 '마음가짐'의 문제가 아닐까 하는 생각이 들었습니다. 어떻게 받아들이고 어떻게 느끼고 어떻게 생각하느냐에 따라 세상은 달라지는 법입니다. 어렵고 힘들게만 느껴지는 군 생활의 난관도 받아들이는 마음가짐에 따라 성숙을 위한 밑거름이 될 수도 있는 것이지요.

같은 옹달샘의 물을 마시더라도 독사는 독을 만들고 소는 젖을 만듭니다. 독사의 맹독은 사람을 죽이지만 소의 젖은 사람을 살린다는 것을 우리는 잘 알고 있습니다.

무엇을 먹었느냐가 중요한 것이 아니라 어떻게 받아들여 어떻게 소화했는가가 중요한 것입니다. 군 생활을 하는 것이 마음먹기에 따라서 어떤 이에게는 죽기보다 싫은 고통스러운 일이 될 수도 있고 어떤 이에게는 인생의 큰 의미와 보람이 될 수도 있는 것입니다.

어떤 배는 바람 때문에 침몰하지만 어떤 배는 바람이 불어야 더 잘 나아갈 수 있습니다. 마찬가지로 어렵고 힘든 우리네 일 상이지만 어떻게 받아들이느냐에 따라 삶은 달라질 수 있는 것 입니다.

바라보는 마음을 어떻게 갖느냐에 따라 꽃이 달리 보이듯, 우 리네 인생도 어떻게 보느냐에 따라 달라지는 법. 삶을 바라보는 눈이 어떤가에 따라 행복해질 수도 있고 불행해질 수도 있는 것 이라고 생각합니다.

꽃 한 송이를 바라보면서도 문득 그 안에 계신 부처님의 설법 을 들을 수 있었던 얼마 전의 일을 떠올리며, 열심히 최선을 다 해 생활하는 장병 여러분들의 마음속에 향기로운 꽃 한 송이가 피어나는 상상을 해 봅니다.

공감과 경청의 기술

　　군종 법사로서 병영 내에서 젊은 청년들과 함께 지
내다 보면 그들의 고민이나 걱정을 듣고 함께 고민
하게 되는 경우가 적지 않습니다. 특히나 군에 갓 들어온 이등
병들과 이야기를 나누다 보면 내무생활에 대한 걱정이나 근심
은 물론이고 집안 걱정에 전역 후 진로 문제, 혹은 여자 친구 문
제에 이르기까지 정말 여러 가지 문제에 만능 해결사가 되어 주
어야 하는 경우도 있습니다.

　　사실 들어 주는 입장에서 뭐 대단한 해결책을 제시해 주지는
못하지만, 그래도 그들에게 관심을 갖고 공감하여 고개를 끄덕
이며 함께 귀 기울여 들어 주는 것만으로도 장병들은 고마움을
표시할 때가 많습니다.

　　아무도 나에게 관심을 가져 주지 않는다고 느낄 때 생기는 소
외감은 견디기 힘든 감정일 것입니다. 법사로서 상담을 해 가며

늘 느끼는 것이지만 특별한 능력이 필요하다거나 반드시 어떤 해결 방법을 제시할 필요는 없었습니다.

그저 그들의 입장에서 그들의 어려움을 공감하고 고개 끄덕여 주는 것만으로도 장병들은 마음을 열고 속내를 털어 놓곤 합니다.

통신단에 근무하는 윤 이병은 외국에서 생활하다가 군에 들어온 케이스였습니다. 초등학교 때 미국으로 건너가서 중·고등학교와 대학생활까지 그곳에서 하다가 남자는 반드시 군에 다녀와야 한다는 엄한 아버지의 강권에 못 이겨 군에 온 것입니다.

사고방식이나 생활습관이 달라 군에 와서도 여러모로 어려움을 많이 겪고 있어 부대에서도 관심을 가지고 살피고 있었습니다. 종교는 따로 없었지만 그래도 명상이나 불교에 관심이 있다고 해서 간간이 이런저런 이야기를 나누며 많이 가까워졌습니다.

그런데 그런 윤 이병이 얼마 전 여자 친구와의 문제 때문에 조심스럽게 상담을 요청해 왔습니다. 얘기를 들어 보니 미국에 있는 여자 친구로부터 연락도 뜸하고 어렵게 전화를 걸면 그렇게 차가울 수가 없어서 고민과 걱정이 많았습니다. 당장 나가서 만날 수도 없는 형편이고, 그렇다고 어떻게 관계개선을 하지도 못하고 있는 상태고 말이지요. 윤 이병의 얼굴에는 수심이 가득

했습니다.

그도 그럴 것이 시차문제 때문에 전화를 걸기가 쉽지 않은데다가 윤 이병의 근무 여건이 이메일을 자주 보내기에도 여러 가지 제한 사항이 많은 형편이라 걱정이 이만저만이 아니었습니다.

미국과 한국이라는 거리 때문이었을까요? 유독 윤 이병은 불안해하고 조급해 보였습니다. 윤 이병의 이야기를 듣고 저는 그 불안해하고 조급해하는 마음 때문에 윤 이병이 더 불편해진 것은 아닌가 하는 생각이 들었습니다.

저는 여자 친구와의 좋았던 추억을 자랑해 보라고 했습니다. 편안한 마음으로 다시 여자 친구와의 관계를 좋게 바꾸기 위한 방법들을 함께 이야기해 보기도 했습니다. 적어도 그 여자 친구와의 추억을 이야기할 때면 윤 이병은 행복해 보였습니다.

제가 뭐 대단한 상담가는 아닙니다만, 대개 스스로 만든 본인의 불안과 걱정으로 관계가 더 악화되는 경우를 종종 보았기에 차분하게 시간을 두고 조금씩 불안한 마음을 가라앉혀가는 방법을 권했던 것입니다.

차츰 시간이 지나면서 다행히도 윤 이병은 안정을 찾아가는 모습이었습니다. 여자 친구에게서 이메일도 다시 오기 시작했고 덕분에 관계도 많이 좋아졌다고 하더군요. 사실 불안과 걱정이 해결해 줄 수 있는 것은 아무것도 없습니다. 특히나 군에 와 있는 동안 제한된 환경 속에 놓여 있다 보니 더 걱정되고 더 불안한 마음에 극단적인 생각이나 과대망상에 빠지게 되는 경우도 있습니다.

그럴수록 한 걸음 뒤로 물러나 자신의 모습을 찬찬히 살펴보는 지혜가 필요합니다. 몸은 군에 있는데 바깥의 일에 대해서 당장 자신이 뭘 한다고 해서 해결될 수 있는 것은 거의 없습니다.

걱정과 근심에 빠져 있는 사람에게는 늘 걱정과 근심거리만 생긴다고 합니다. 정반대로 희망과 신념에 차 있는 사람에게는 희망과 신념에 찬 우주의 기운이 그 사람에게로 다가올 것입니다.

아마도 제가 상담했던 윤 이병에게는 군복무가 불안과 걱정과 싸워 이기는 법을 배우는 좋은 배움터가 될 수도 있을 것입니다. 오늘도 많은 국군 장병들이 걱정과 고민 속에 젊은 날의 한때를 보내고 있을 것입니다. 그러나 바다에 나간 배는 큰 바람을 만날 때 더 멀리 나아갈 수 있는 법입니다.

아픈 만큼 성숙해진다고 했던가요. 우리 국군 장병 여러분들이 고민과 걱정에 머물지 말고 그 고민과 걱정을 딛고 한 걸음 더 앞으로 나아가게 되기를 기원해 봅니다.

피할 수 없으면 즐겨라

　적당한 스트레스는 필수불가결한 삶의 요소라는 말
이 있습니다. 아마도 군복무를 하고 있는 우리 군
장병들에게 군대만큼 스트레스가 많이 쌓이는 곳도 없을 것 같
다는 생각을 해 봅니다. 스트레스로 인해 괴로워하며 스트레스
를 없애려는 그 마음이 더 큰 스트레스를 만들어 내곤 합니다.

　오래전 근무했던 어느 부대 신병교육대 강당에는 "피할 수'없
으면 즐겨라"라는 구호가 큰 글씨로 쓰여 있었습니다. 어찌 보
면 무섭게 느껴지기까지 한 그 구호를 많은 훈련병들은 어떤 마
음으로 이해했을지 모르겠지만, 저는 참 많은 것을 생각하게 하
는 한마디가 아닌가 싶었습니다.

　병역의 막중한 의무를 수행하기 위해 본인의 의사와는 무관
하게 입영통지서를 받고 들어오게 된 군문에서의 고단한 삶 때
문에 군복무의 현실이 더욱 어렵고 힘들게만 느껴지는 것이 사

실입니다.

그 어렵고 힘든 훈련과 근무를 하루하루 수행해 나가면서 억지로 끌려가며, 어쩔 수 없이 하루하루를 보내는 경우도 있고, 그 속에서 작은 의미와 기쁨, 만족을 스스로 만들어 가며 시간을 보내는 경우도 있습니다.

아무리 어렵고 힘들다 하더라도 그 안에 함께 동고동락하는 동기들이 있고, 그 길을 먼저 걸었던 선배 전우들이 있기 마련입니다. 함께하고 있기에 어떠한 어려움도 이겨낼 수 있습니다. 힘든 훈련 중에 서로에게 보내 주는 미소 한 번, 따뜻한 격려의 말 한 마디가 서로를 이끌어 주는 법이지요.

몇 해 전 성도재일을 맞이하여 법당에서 1,080배 정진을 진행한던 적이 있었습니다. 108배도 온전히 해 본 적이 없는 대다수의 장병들은 1,080배를 하자고 하니 다들 겁을 집어먹고 못하겠다는 아우성이 대단했습니다. 그러나 막상 죽비 소리가 울리고 절을 시작하자 다들 의연하게 잘 해 냈습니다.

중간에 잠시 숨을 돌리며 물 한잔에 목을 축일 때에도 서로가 서로를 격려하고 할 수 있다는 자신감을 불어 넣어 주는 모습들이 참 보기 좋았습니다.

마침내 1,080배를 모두 마치고 환희심에 가득 차 웃는 얼굴로 서로에게 박수를 쳐 주는 모습은 서로를 자랑스럽게 만들기에 충분한 모습이었습니다. 아마도 한 사람에게만 1,080배를 하라고 했더라면 그 당사자는 힘들다고 중간에 포기해 버렸을지도 모를 일입니다.

단 한 번도 경험해 보지 못한 어려움이었지만 다 같이 함께 했기에 어려움을 능히 받아들이고 또 이겨낼 수 있었던 것이라고 생각합니다.

얼마 전 제대를 하루 앞두고 법당을 찾은 유 병장은 '제대의 그날이 하루 앞으로 다가왔는데 마냥 좋고 기쁠 줄만 알았던 그날이 왠지 모를 두려움과 어색함 때문에 아쉬움이 더욱 크다'는 이야기를 하더군요. 이등병 때 들었던 힘들고 어렵다는 생각들이 이제와 돌이켜보면 웃을 수 있고 다 이해할 수 있을 것만 같다고 하는 제대 말년 유 병장의 이야기를 들으며, 군대가 참 많은 공부를 시키고 있는 곳이구나 하는 생각이 새삼 들었습니다.

그도 그럴 것이 유 병장은 이등병 때 군 생활이 너무 힘들어 적응을 못하고 몇 번이나 관심사병으로 분류되어 왔던 이력이 있었던 처지였습니다. 그때는 의가사전역이라도 좋으니 빨리 집에 돌아갈 수 있는 방법이라면 무슨 짓이든 하고 싶다고 철없는 얘기를 해서 제 속을 어지간히 썩이던 친구였지요.

다행히도 동료 전우들의 관심과 배려로 무사히 어려운 시기를 잘 견디어 내고 일병과 상병을 거치며 분대장의 소임까지 맡게 되었던 유 병장의 모습에 내심 대견해 하던 터였습니다.

그런 그가 막상 제대를 앞두고 지난 시간, 이등병 시절의 모습을 돌이켜보며 부끄러웠다고 말하는 걸 듣자니 괄목상대刮目相對라는 말이 바로 이런 경우가 아닐까 싶었습니다.

스트레스를 받는 대신 받아들여본다면 어떨까요? 스트레스를 받으면 괴롭지만 받아들이면 즐겁고, 스트레스를 받으면 더 커지지만 받아들이면 줄어드는 법이니까요.

오늘 따라 피할 수 없으면 즐기라는 훈련 부대 표어가 새삼스럽게 더 가슴에 와 닿습니다.

김 병장의 봉급

　　얼마 전 인근 부대에서 근무하던 김 병장이 전역을
했습니다. 법당에도 열심히 나오고 부대에서도 맡
은 바 임무에 최선이어서 후임병들이나 간부들에게 칭송이 자
자하던 전우였지요.

　　항상 밝고 명랑한 모습이어서 참 좋아 보인다 싶었는데 전역
전 우연히 이야기를 나누어 보니 집안에 많은 어려움을 가지고
있는 이른바 불우병사였습니다. 지방에서 홀어머니를 모시고
동생과 함께 자라면서 아르바이트로 어렵게 학업을 이어오다가
입대한 경우였습니다.

　　진작 알았더라면 어떻게 도와줄 방법을 함께 생각해 보았을
텐데 평소 김 병장의 모습에서는 전혀 그런 점을 짐작조차 할
수 없었기에 그저 담담하게 전역하는 모습을 지켜 볼 수밖에 없
었습니다. 그런데 전역 후에 접한 김 병장의 소식은 더욱 놀라

운 것이 있었습니다.

21개월간 군에서 받은 월급을 한 푼도 쓰지 않고 차곡차곡 모았다가 고스란히 가지고 가서 학교 복학하는 학비에 보태었다는 것이었습니다.

일반적으로 군 생활을 하면서 받은 월급은 PX에 모여서 군것질을 하거나 외출 나가서 PC방이나 당구장을 전전하는 것이 다반사인데, 김 병장의 경우는 짠돌이 소리를 들어가며 월급을 모았다고 하니 더더욱 놀랄 일이었습니다.

그런데 김 병장의 일을 계기로 행정보급관에게 들은 이야기는 의외로 군에서 받은 월급을 모으고 있는 병사들이 적지 않다는 것이었습니다. 김 병장의 경우처럼 집안 형편이 어려워 학비에 보태는 경우도 있고, 복학 기념으로 노트북 컴퓨터를 사거나 혹은 견문을 넓히기 위해 해외어학연수 비용을 모은다는 이야기도 들을 수 있었습니다.

참으로 다양한 사연과 모습을 가진 팔도 사나이들이 모여 지낸다는 군대에서 월급을 쓰는 방법도 이렇게 다양하구나 싶었습니다. 군복무를 통해 많은 것을 배울 수 있다는 말들을 많이 합니다. 군복무를 통해서 총기를 다루는 법이나 군사관련 기능을 익히는 것도 중요하지만, 세상 사는 법을 더 많이 배울 수도 있겠다는 생각이 들었습니다.

군복무를 하는 똑같은 시간과 공간 속에서 어떤 이는 더 많이 배우고 공감하며 지내고, 어떤 이는 아쉬움과 불평불만을 더 많이 안고 살아갑니다. 제대할 무렵이 되면 이들의 모습은 확연한 차이를 느낄 수 있는데요. 뿌듯한 미소와 만족을 얻고 제대하는 경우가 있는가 하면 정말 다시는 뒤도 돌아보고 싶지 않다며 원망과 푸념만을 남기고 떠나가는 경우도 있습니다.

글쎄요. 결국 자기 자신이 어떻게 받아들이고 어떻게 생각했느냐의 차이가 아닐까 싶습니다. 흔들리지 않고 피는 꽃은 없다는 말처럼, 난관과 어려움 속에서 더 성숙하는 모습을 보여 주는 삶이 더 지혜로운 것 아닐까요?

하나를 보면 열을 안다고 했습니다. 제대한 김 병장은 아마도 군 생활을 멋지게 해냈던 것처럼 모진 세파를 훌륭하게 헤쳐 나갈 것이라고 믿습니다.

시간이 지나고 언젠가 다시 김 병장을 만났을 때, 김 병장이 어려움을 딛고 멋지게 성숙해 있는 모습을 보여 줄 것을 기대해 봅니다.

받는 즐거움보다 주는 기쁨의 의미

　　군에 오게 되면 주는 일보다는 아무래도 받는 일에 익숙해지는 것이 현실입니다. 그러나 그 와중에도 작은 나눔을 통해 큰 기쁨을 얻는 진정한 보시행布施行을 실천하는 전우들도 있습니다. 굳이 경전을 인용하지 않더라도 보시는 내가 넉넉해서 주는 것이 아니라, 함께 나눔으로써 더 큰 기쁨과 만족을 이루어 내는 일이 아닐까 싶은데요.

　　마침 봄의 첫 자리에서 병영에서 불어오는 따뜻한 훈풍의 소식이 있어 소개해 드리고자 합니다. 그 주인공은 육군 승리부대 수색대대에 근무하는 김 상병입니다.

　　김 상병은 최근 자신의 군 생활 16개월 동안 받은 봉급을 모두 모아서 부대에서 기부문화 확산을 위해 운영하고 있는 '사랑의 온도계 모금운동'에 망설임 없이 전액을 기부하였다고 합니다. 지역의 복지요양원을 돕고 있는 사랑의 온도계 모금운동에

140

군복무를 하며 모아온 자신의 봉급 전액을 기부한 경우는 이번이 처음이라고 합니다.

군기 세기로 유명한 수색대대에 근무하는 김 상병은 평소 특수 근무지 수당과 헬기강하 수당 등 봉급 외에 추가 지급되는 수당만으로 검소한 생활을 해 온 것으로 알려졌습니다.

김 상병의 이런 선행을 듣고 많은 이들이 격려와 칭찬을 보내왔지만, 김 상병은 오히려 생애 첫 기부를 군복무를 하면서 했다는 것이 자신에게는 매우 큰 의미로 남을 것 같다며 더 많이 돕지 못한 아쉬움을 표했다고 합니다. 물론 김 상병의 봉급 모으기는 지금도 계속되고 있다고 하니 제대할 무렵에는 다시 한 번 반가운 소식을 접할 수 있을 것 같습니다.

군 생활을 하면서 이처럼 매월 봉급을 한 푼도 쓰지 않고 꼬박꼬박 모으기란 생각만큼 쉽지 않은 일입니다. 이런 선행 소식이 전해지자 김 상병이 소속된 승리부대 수색대대 장병들도 헬기레펠 강하 수당의 일부를 어려운 곳에 기부하기로 하는 등 다른 장병들의 기부문화 동참에도 좋은 영향을 미치고 있다고 합니다.

그러한 영향일까요? 지금 '사랑의 온도계 모금운동'은 모든 부대 장병들이 자발적으로 기부문화에 동참하여 지난 1년 동안 약 1,500만 원을 모금하였고, 덕분에 가정형편이 어려운 동료 전우 9명과 지역 내 복지시설인 요양원을 후원할 수 있게 되었다고 합니다.

김 상병이 시작한 나누는 기쁨은 비록 한 사람에게서 시작되었지만 지금은 그로 인해 많은 사람들이 큰 기쁨을 누리고 있습니다. 예전에는 위문품이나 위문편지 등으로 군에 가면 위로와 위문을 받는 입장이라고만 생각하는 경우가 많았는데, 김 상병의 선행은 받는 즐거움보다 주는 기쁨의 의미를 일깨워 준 소중한 계기가 되었습니다.

흔히들 군에 오게 되면 의무 복무라는 특수한 상황 때문인지는 모르겠지만 주어지는 모든 것에 감사한 마음보다는 당연하게 여기고 느끼는 경우가 많은 것 같습니다.

내 어머니, 아버지가 낸 귀한 세금으로 만들어져 지급되는 모든 것들은 그저 당연하게만 여겨질 수 있는 것이 아닙니다. 군인은 힘들게 고생하고 있으니 당연히 위문을 받아야만 하는 존재일까요? 그렇지 않습니다. 엄청나고 대단한 기부는 아닐지라도 작은 기쁨을 나눌 수 있는 나눔과 베풂은 우리들 주변에서도 얼마든지 찾아 낼 수 있습니다.

내가 딛고 있는 지금 이 자리를 환히 밝히는 것이 결국은 세상을 밝히는 것은 아닐까 하는 생각을 김 상병 덕분에 하게 되었습니다. 나누고 베풀고 함께하는 기쁨은 내가 많이 가지고 있어서거나 혹은 내가 넉넉한 자리에 있다고 해서 이루어지는 것이 아니라는 사실을 일깨워 준 김 상병 덕분에 병영 생활이 한층 아름다워지는 것 같습니다.

받는 기쁨보다는 주는 기쁨이 훨씬 크고 보람도 있다는 사실을 다시금 되새겨 봅니다.

모범 병사 격려금 전달 프로젝트

여러분은 혹시 누구에겐가 사랑 받고 있다는 느낌을 받은 적이 있으신지요? 사랑은 받는 것보다는 줄 때 더 행복하다는 말이 있긴 하지만, 그래도 '아! 내가 누군가에게 사랑을 받고 있구나'라고 느낄 때 그 행복감은 아마도 말로 표현하기 힘든 기쁨일 겁니다. 그런데 그 느낌이 꼭 남녀 간이나 혹은 가족 간에만 생겨나는 것은 아닙니다.

얼마 전 인근 부대에서 있었던 작은 이야기를 전해 듣고 종일 미소를 지울 수가 없었습니다. 부대 내무 생활관에 마련해 두었던 저금통의 동전을 모아 어렵고 힘든 전우에게 전달했다는 이야기였는데, 얼핏 들으면 흔히 들을 수 있는 전우 돕기 소식이 아닌가 싶었는데 실상을 알고 보니 그게 아니었습니다.

부대 내무 생활관 현관에 있던 저금통은 처음 만들어질 때부터 무슨 큰 목적이 있었던 것은 아니었다고 합니다. 부대 충성마트에서 남긴 동전들을 모아보자는 취지였는데 그게 한 푼 두 푼 모이다 보니 제법 큰돈이 되었다고 합니다.

이걸 어떻게 쓰는 것이 좋을까 고민을 하던 중대원들이 마음을 모아 마침 홀어머니가 병석에 누워계셔서 걱정이 많았던 동료 전우에게 전달하기로 했다는 것입니다.

그런데 그 전달 방법이 좀 독특했습니다. 불우 전우 돕기라는 이름보다는 중대장의 도움을 받아 그 전우의 어머니에게 연락을 드려, 이번에 부대 모범 병사를 선발하는데 아드님이 특별히 선발되어 중대에서 특별 격려금이 지급되게 되었다고 소식을 전한 겁니다.

도움을 받게 된 그 전우는 평소에도 열심히 부대 생활을 잘하고 훈련에도 열심이었지만, 직장생활을 하던 홀어머니가 갑자기 병원에 입원을 해서 큰 걱정을 하며 갑자기 말수도 적어지고 혼자 지내는 시간이 많아졌다고 합니다.

중대장도 그런 사정을 참작해서 기꺼이 모범 병사 격려금 전달 프로젝트에 동참하는 관심을 보여 주었고, 그 병사에게 포상휴가를 조치해 주었습니다.

중대 행정보급관이 직접 포상휴가를 나간 그 병사와 함께 어머니가 입원하여 계신 병원을 방문하여 격려금을 전달하고 위문도 하게 되었다는 후문인데, 그저 단순히 불우 전우 돕기라고 하는 것보다는 훨씬 멋진 방법인 것 같았습니다.

어머니에게도 큰 기쁨이 되었을 뿐만 아니라 어려움 속에 고민하고 있던 그 전우도 그 후 부대 생활을 더 열심히 하게 되었다고 하니 모두에게 참 잘된 일인 듯 했습니다.

그 병사는 어려움 속에서 혼자 한숨만 내쉬고 있었는데 중대원들 모두가 자신의 일인 양 함께 고민해 주고 걱정해 주어서 너무나 고마웠다는 인사를 몇 번이고 했다고 하는데, 배려와 온정을 나누었던 그 이야기를 들으면서 역시 나누고 함께하는 마음은 모두를 기쁘게 하는 마력이 있다는 것을 실감하게 되었습니다.

사람 사는 정이란 이런 것이 아닐까 싶습니다. 굳이 보시나 선행을 강조하지 않아도 좋았습니다. 부처님의 가르침이 꼭 법당 안에서만 전해지는 것이 아니라는 것을 새삼 깨달은 이번 일을 접하면서 저는 다시 한 번 우리 장병들이 자랑스러워졌습니다.

따뜻하고 정이 넘치는 병영은 우리들 스스로가 만들어 가는 것임을 새롭게 느끼게 된 이번 일 때문일까요? 강추위가 매서운 이곳 강원도 산골에서도 다가오는 따뜻한 봄의 기운이 느껴지는 것 같습니다.

병영 추석 풍경

해마다 추석이나 설 같은 명절이 되면 사실 군에 온
우리 장병들은 고향 생각이 더 간절해지고 집에 있
을 땐 좀처럼 마음을 쓰지 않았던 차례 준비나 집안 어르신들의
안부가 괜스레 궁금해지기도 합니다.

고향이라는 말만 떠올려도 눈시울이 뜨거워지고 가슴이 뭉클
해지는 때는 아마도 군 생활을 할 때가 아닌가 싶습니다. 고향
집에서 멀리 떠나와 낯선 환경 속에서 각지의 사나이들이 모여
생활하는 군문에서 맞이하는 추석의 감상. 아마 밖에서 느끼고
생각하는 추석의 풍경과는 많이 다르다는 것을 어느 정도는 짐
작하실 수 있을 겁니다.

추석을 맞아 각 부대에서도 합동 차례를 진행합니다. 물론 고
향에서 어머니가 준비하였던 것처럼 제대로 갖추어진 차례상을
마련하지는 못하지만, 부대 지휘관이나 간부들의 배려와 도움

을 받아 차례상을 소박하게 마련하고 각 생활관이나 혹은 소부대 별로 모여 여러 조상님 전에 절도 올리며 나름대로 정성스런 차례를 모시곤 합니다.

추석날은 또 각 부대별로 우리의 전통 민속놀이인 윷놀이나 장기 대항전을 하거나 부대 대항 체육대회를 하는 등 웃음을 잃지 않는 분위기 속에 하루를 보내려 노력을 많이 합니다.

그러면서도 그리운 마음을 담아 부모님께 편지나 전화를 드리고 사랑하는 여자 친구에게 소식을 전하는 모습이 아마도 추석을 맞이하는 군 장병들의 일반적인 모습들일 겁니다.

그런 와중에도 추석 명절의 분위기에 휩쓸리지 않고 부여된 임무수행에 여념이 없는 장병들이나 부대도 꽤 많이 있습니다. 쉴 땐 쉬고 임무를 수행할 땐 빈틈없이 해 내야 하는 것이 군인에게 부여된 사명이 아닐까 싶습니다.

가끔씩 부대 생활에 적응을 하지 못하고 힘들어 하는 장병들을 만날 때마다 따뜻하고 정이 흐르는 병영 생활에 대한 아쉬움을 토로하는 말을 종종 듣곤 합니다. 가족 같은 병영이라고 말들은 하는데, 오히려 전우들이 나를 이해해 주지 못하고 나를 힘들게만 만든다고 불만을 드러내는 경우가 많습니다.

그러나 내가 먼저 그들과 가족이 되어 주지 못하고 내가 지금 살고 있는 이 부대를 집으로 생각하지 못하면서 따뜻한 병영 생활을 기대하는 것은 무리일 것입니다.

막상 가족들과 함께 지낸다고 하더라도 서로가 서로를 이해하고 맘을 나누려는 정성과 노력이 없다면 가족과의 따뜻한 정을 만들어 나가기란 쉽지 않을 것입니다. 군대에서도 마찬가지가 아닐까요?

내가 지금 서 있는 이곳이 우주의 중심이라는 말이 있습니다. 지금 나와 함께하고 있는 전우들, 지금 내가 근무하고 있는 이 부대를 가족과 고향으로 만들어 가려는 노력이 필요하지 않을까 싶습니다.

몸은 비록 멀리 떨어져 사랑하는 가족들과 함께하고 있지 못하지만, 마음만큼은 언제나 고향에 계신 분들과 함께하고 있습니다. 그러기에 우리 군 장병들이 더욱 힘내어 열심히 근무할수 있고, 또 고향의 부모님들도 묵묵히 군 생활 잘해 내고 있는 국군 장병들 덕분에 편히 잠드실 수 있는 것은 아닐까요.

'신성한 국방의 의무'라는 무거운 말보다는 고향의 어머니, 내 가족을 위해 지금 이 자리에 내가 있다고 생각해 본다면 어떨까요?

실수할 수 있는 나를 인정하자

비방만 받는 사람이나 칭찬만 받으며 사는 사람이 과연 있을까요? 비방과 칭찬은 결국 그것을 하는 사람이 제 입장에서만, 자기중심적으로 하는 말이라고 합니다. 그래서 저는 장병들에게 '비방과 칭찬에 흔들리지 말고 그저 묵묵히 앞으로 나아가라'는 경전의 가르침을 자주 강조합니다.

얼마 전 저에게 상담을 요청해 온 공병부대 한 상병의 경우도 마찬가지였습니다. 요즘 내무 생활관을 함께 쓰는 선임 한 사람과 문제가 있어 상담을 요청해 왔습니다.

작은 키에 왜소한 체형을 가지고 있던 한 상병은 주변 이야기를 들어 보니 그야말로 온실 속의 화초처럼 그저 곱게만 자라온 전형적인 도련님 스타일의 병사였습니다.

엄마에게, 선생님에게, 그리고 심지어 친구들에게까지 잔소리를 듣는 것이 죽기보다 싫어서 먼저 그런 싫은 소리를 듣지 않으려고 열심히 공부하고 운동하며 살았다고 당차게 이야기하는 한 상병을 보면서 참 많은 생각에 잠기게 되었습니다.

세상에 흔들리지 않고 피는 꽃이 어디에 있겠습니까? 그 나름대로의 아픔과 성장통을 겪으면서 자라나는 법인데, 한 상병의 경우는 좀 독특한 케이스였습니다.

이제껏 잘한다는 소리, 대단하다는 소리는 자주 들어 왔지만 못한다는 지적이나 손가락질은 한 번도 받아 본 적이 없다고 자부하던 터였는데, 그 선임병은 자대 전입 초기부터 사사건건 시시콜콜 지적하고 시비를 가리는 통에 스트레스가 이만저만이 아니라는 것이었습니다.

자기가 보았을 땐 분명히 괜찮은 상태인데도 선임병이 자꾸만 문제를 삼고 지적해서 부아가 치밀어 오를 때가 한두 번이 아니라는 말을 들으며, 한 상병은 한 상병대로 고민과 걱정이 많겠다 싶었습니다.

1차 상담을 마치고 저는 한 상병 모르게 조용히 그 문제의 선임병을 찾아가 만나 보았습니다. 그런데 제 걱정과는 달리 그 선임병은 아주 쾌활하고 밝은 성격에 부대 간부들에게도 크게 신임을 얻고 있는 아주 모범적인 병사였습니다.

조심스럽게 한 상병과의 관계를 물었더니만 오히려 그 선임병은 한 상병의 여러 가지 문제점을 하나하나 지적하면서 생활관 모든 사람들이 직접 말을 하지 않아서 그렇지 한 상병의 성격 때문에 소대원들이 난감할 때가 적지 않다는 것이었습니다. 누군가는 일러 주고 잘못을 지적해 주어야겠기에 이른바 자기가 총대를 메고 있다는 것이었습니다.

사람과 사람의 관계는 늘 상대적이기 마련이어서 내게는 아무리 좋은 인연이라고 하더라도 다른 이에게는 그렇지 않은 경우가 적지 않습니다. 정반대의 경우도 마찬가지이지요. 내게는 좋지 않은 인연이지만 오히려 다른 이에게는 좋은 인연이 되는 경우도 많이 있는 법입니다.

한 상병과 선임병의 관계도 마찬가지가 아니었을까 싶습니다. 두 번째 상담의 자리에서 저는 한 상병에게 '때로는 싫은 소리 들을 수도 있는 나'에 대해 생각해 보길 권해 보았습니다. 실수도 할 수 있고 때로는 잘못을 하기도 해서 지적을 받는 그것이 결코 큰 문제나 세상 무너지는 일이 아니라는 것을 알아차렸으면 했습니다.

한 상병이 '나는 반드시 이렇다!' 혹은 '이래야만 한다'는 고정관념에서 벗어나 좀더 편안하게, 한 걸음 뒤로 물러나서 충고나 지적을 받아들여 본다면 어떨까 싶은 생각이 들었기 때문입니다.

군대에서 만나게 되는 여러 인간관계도 세상살이의 그것과 결코 다르지 않습니다. 아니 어쩌면 오히려 더 극명하게 인간관계가 더 잘 드러날 수도 있겠지요.

아직 한 상병과는 상담이 진행 중입니다. 다음 번 만날 때는 좀더 너그러운 마음으로 스스로가 만든 그 불편함의 틀을 벗고 여유롭게 웃으면서 만날 수 있는 시간이 되기를 기대해 봅니다.

비록 비방과 칭찬에 흔들리는 듯하면서도 결국 성장해 가는 것은 젊은이의 특권이 아닐까요?

왜 나에게만 이런 아픔이

강원도 최전방 부대에 근무하는 김 상병은 평소 과묵한 성격에 말이 없고 그저 평범해 보이는 병사였습니다. 법회에는 정기적으로 참석하고 있었으나 그 외의 별다른 점을 발견하기는 어려웠고, 내무반 방문이나 훈련장 위문 때 인사를 나누려고 해도 그저 씨익 미소나 한번 보여 주는 그냥 평범한 '육군 상병'이었지요.

그런데 어느 날 김 상병의 동료로부터 우연히 그의 가정환경에 대해 듣게 되었습니다. 김 상병의 가족은 서울 근교 공단지대에 있는 임대주택에서 어렵게 살림을 꾸려가며 살고 있는 형편인데, 홀로 되신 아버지가 병환으로 거동이 불편하여 그의 형님이 집안 살림을 도맡아 생활해 오고 있다는 것이었습니다.

김 상병은 어려운 가정형편 때문에 군에 입대하기 전에 직장생활을 통해 가업을 도울 수밖에 없는 형편이었고, 아버지 병구

완을 하다가 입대했다는 사정도 듣게 되었습니다.

김 상병의 그런 사정을 듣고 난 후, 김 상병에게 더 많은 관심을 가지고 그의 어두운 면을 밝혀 주려 신경을 썼습니다. 특별한 상담을 하기보다는 일요일 법회가 끝난 후에 따로 불러 이야기를 나누거나, 가끔 그가 근무하는 정비대 차량공장으로 찾아가 대화하며 그의 모습을 살피게 되었습니다.

그러던 어느 날 김 상병의 형님이 갑작스럽게 '간경화' 진단을 받고 입원을 하게 되어서 청원휴가를 떠났다는 소식을 접하게 되었습니다.

며칠 후 그가 청원휴가를 마치고 돌아오자 소식이 궁금하기도 하고 또 어려운 사정을 위로할 겸 해서 지휘관의 양해를 얻어 법당으로 불러 저녁 공양을 같이하게 되었습니다.

저녁 공양을 마친 후 그는 어려운 가정형편을 걱정하면서 당장이라도 뛰쳐나가고 싶은 답답함과 절망 때문에 괴롭다는 심정을 토로했습니다. 병상에 누워 계신 아버지를 대신해서 이제까지 형님이 집안 살림을 이끌어 왔는데, 이제 형님마저 쓰러지셨으니 살길이 막막하고, 연로하신 아버지가 고생이 너무 심하셔서 걱정 때문에 부대로 복귀할 때 발걸음이 움직이지 않더라는 말을 한숨 섞어 이야기했습니다.

그 이야기를 듣고 여러 사람들과 도울 방법을 찾아 봤지만 그게 쉽지가 않았습니다. 휴가를 며칠 보내 주는 것으로 해결될 문제가 아니었기 때문입니다. 그렇다고 바로 그를 고향으로 돌려보낼 수 있는 특별한 방법이 있는 것도 아니었기에 그런 처지를 부대에서도 안타까워할 뿐이었습니다.

답답한 심정으로 일주일이 지났을 때 김 상병에게 또다시 큰 불행이 닥쳐왔습니다. 아버지께서 기거하시던 그 임대주택이 부주의로 인한 큰 화재가 발생한 것이었습니다.

다행히도 인명피해는 없었지만 당장 거처하던 집이 불에 타버려 이웃집을 전전해야 할 어려운 상태가 되어 버린 것입니다. 김 상병은 절망했습니다. 김 상병은 다시 청원휴가를 받아 집으로 가기 전 법당을 찾아와 한참 동안 눈물을 흘리며 기도하다가 집으로 향하였습니다.

김 상병이 집으로 떠난 후 일단 저는 여러 군데에 전화를 걸어 김 상병이 살고 있는 지역에 도움을 줄 수 있는 단체나 사찰이 없을까 물색해 보았습니다.

어려운 그의 집안환경을 역설하며 수차례의 전화 통화를 하고 수소문한 끝에 다행히도 그가 살고 있는 지역의 스님께 긍정적인 반응을 얻어낼 수 있었습니다. 그 지역에 계신 스님과 지역 불교 신도 분들의 도움을 받아 김 상병의 아버지가 임시로 거처할 수 있는 곳을 소개 받을 수 있었고, 주민센터 복지담당자에게 아버지 병간호를 할 수 있는 간병인을 물색해 주기로 약속을 받았습니다.

큰 도움은 아닐지라도 김 상병의 집에 약간의 위안이나마 될 수 있을 것 같았습니다. 그 후 부대의 관계자들과 의논해서 부대 내에서 어떻게든 도움을 줄 수 있는 다양한 방법을 모색하기로 했습니다.

마침내 그의 처지를 딱하게 여긴 부대장의 배려와 정비대 동료 전우들의 자발적인 참여로 부대에서 법당과 함께 '불우 전우 돕기 모금운동'을 실시하기로 했습니다.

또한 부대에서는 정비대 간부를 그의 집으로 보내 필요한 도움을 줄 수 있는 방안을 찾고, 또 부대 주임원사단의 협조를 받아 그 병사의 집으로 보낼 쌀과 부식을 얼마간 마련하여 보내 줄 수 있었습니다.

그리 많지 않은 도움이었을지 모르나 사고의 수습을 어느 정도 한 후 청원휴가를 마치고 부대로 복귀한 김 상병은 부대와 법당에 감사의 뜻을 수차에 걸쳐 표하며 고마움을 감추지 못했습니다.

그는 입대 전 사회에서 들었던 군에 대한 부정적 이미지를 버리지 못해 평소 모든 것이 불만족스러웠고 군 생활이 짜증스럽기만 했었다고 하였습니다. 가정형편 때문에 늘 걱정 속에서 살아야 했고 부대의 선임병이나 동기, 후임들에 이르기까지 자신보다는 다 좋은 환경에서 유복하게 자란 것만 같아 세상이 더욱 원망스러웠다고 고백했지요.

그러나 이번 일을 계기로 아직 세상은 따뜻한 곳이라는 믿음을 갖게 되었다고 했습니다. 또 정이 흐르는 병영을 느끼게 되어 너무 감사하고 기쁘다는 말을 여러 번 하더군요.

너무도 많은 분들에게 고맙다는 인사를 드려야 할 것 같아 어찌할 바를 모르겠다던 그는 고마운 뜻에 보답하기 위해서라도 더욱 열심히 생활해야겠다며 모처럼 밝은 미소를 지었습니다.

다행히 김 상병이 거주했던 주민센터에서 배려를 받아 지속적인 복지혜택을 받을 수 있도록 조치가 되었고, 소속 부대장은 그에게 지게차 기능공 국가공인 자격증 시험을 치를 수 있도록 권하여 마침내 자격증을 취득하게 되었습니다.

김 상병은 희망을 가지고 군 생활을 계속하게 되었습니다. 자칫 절망과 좌절의 혼돈 속에서 부대 생활에 적응하지 못하고 겉돌던 병사에게 보여 준 관심과 배려가 한 젊은이의 미래를 바꾸어 주게 된 것입니다.

작은 배려와 관심이 복무에 어려움을 겪고 있는 전우들에게는 얼마나 많은 도움이 될 수 있는가를 다시금 깨닫게 된 계기가 되었고, 정이 흐르는 아름다운 병영 생활은 모두의 마음을

모을 수만 있다면 얼마든지 가능한 일이라는 소중한 경험을 얻
게 되었습니다.

외유내강 外柔內剛

흔히들 군대 하면 딱딱하고 경직되어 있는 분위기를 연상하는 분들이 많습니다. 그러나 의외로 한 사람 한 사람 만나 보면 따뜻하고 편안한 분위기에 넉넉한 심성을 가진 경우도 적지 않습니다.

겉모습은 우락부락 산적 같은 분위기인데 대화를 나눠보면 동네 아저씨 같은 다정함을 주는 분들도 많이 있습니다. 겉모습을 보고 쉽게 사람을 판단해서는 안 된다는 말이 군대에서도 고스란히 적용되는 것이지요.

얼마 전 특공연대 훈련장에 위문을 다녀왔습니다. 어렵고 힘든 훈련을 밥 먹듯이 하는 부대인지라 항상 마음이 가 있는 부대였지만, 바쁘다는 핑계로 훈련장 방문을 미루고 있다가 마침 특별훈련이 진행되고 있다고 하기에 부대 목사님, 신부님과 함께 위문품을 준비해서 벼르고 별러 찾아간 자리였습니다.

산꼭대기 훈련장을 찾아가니 마침 헬기레펠 강하훈련이 진행되고 있었습니다. 귀를 먹먹하게 할 만큼 엄청난 헬기 소리에 우리 특공연대 장병들이 외줄 하나를 타고 헬기에서 뛰어내리고 있었습니다. 아찔한 영화 속의 한 장면이 연상될 만큼 멋진 모습이었습니다. 멋지고 늠름한 모습들이 참 자랑스러워 보였습니다.

훈련을 마친 후 시원한 나무 그늘 밑에 모여 가지고 간 위문품을 나누어 먹으며 그네들의 얼굴을 하나하나 찬찬히 살펴볼 기회가 있었습니다. 긴 훈련에 피곤한 모습이 역력했지만 미소를 잃지 않는 모습에서 참 장하다 싶은 생각이 들었습니다.

그런데 그 강한 훈련에 최강의 전사들만 모여 있다는 특공대 용사 중에 유독 제 눈을 끄는 병사가 한 명 있었습니다. 조금은 작고 왜소한 체구에 여리게만 보이는 병사였습니다.

그 모습이 눈에 익어 이야기를 나누어 보니 법당에 몇 번 나온 적이 있었다고 합니다. 반가운 마음에 악수를 나누며 겉으로는 전혀 특공대에 어울릴 것 같지 않은데 어떻게 이곳에 오게 되었느냐고 물으니 주변에서 '워~' 하는 놀림과 함성이 함께 들려 왔습니다.

자초지종을 들어 보니 그 병사는 태권도가 3단에, 합기도와 검도까지 무술 유단자에다가 부대에서도 자타가 공인하는 특급

전사라는 것이었습니다. 특공부대에도 물론 자원해서 들어오게 되었고요.

유격 훈련 중에는 그 악명 높은 유격 조교로도 활약한다는 그 이야기를 듣고는 겉모습만 보고 특공부대와 어울리지 않을 것 같다고 이야기했던 제가 좀 민망해졌습니다.

가치관의 혼란 속에 흔들리고 있는 요즘 젊은이들을 걱정하는 분들이 종종 있습니다. 예전에 비해 유약해진 심성 때문에 안타까워하는 경우도 적지 않지요. 그러나 저는 그런 걱정은 기우가 아닐까 하는 생각을 해 봅니다. 의외로 요즘 젊은이들과 직접 만나 보면 건강한 몸과 마음을 가지고 의연하게 어려움과 난관을 이겨내는 청년들이 적지 않습니다.

"젊어 고생은 사서도 한다."는 옛말이 있지요? 오히려 군복무를 해병대나 특수부대에서 하기 위해 자원을 하는 경우가 늘어서 경쟁률이 치열하다는 소식을 접하면서 우리의 미래는 결코 어둡지 않다는 생각을 해 봅니다.

그나저나 다음 번 특공연대 위문 때는 위문품을 좀 더 가져가야 할 것 같습니다.

잘못을 인정하는 용기

세상을 살아가면서 남을 칭찬하고 자신의 실수를
인정하며 상대방에게 진정으로 용서를 구하는 일은
참 쉽지 않은 일인 것 같습니다. 문화적인 차이겠지만 상대방으
로부터 느끼는 고마움과 미안한 감정을 겉으로 잘 표현하고 드
러내는 서양인들에 비해 동양인은 그러한 표현에 좀 인색한 편
이지요.

얼마 전에 만난 박 상병은 과묵하고 조금은 무뚝뚝해 보이는
스타일이었습니다. 사실 남자들만 가득한 군 생활에서, 일반사
회에서처럼 시시콜콜 자신의 일상을 이야기하고 아쉬움을 토로
하기도 쉽지 않은 것이 사실입니다. 그런데 박 상병은 "남자는
자고로 입이 무거워야 한다."는 이야기를 어릴 때부터 귀에 못
이 박히게 들어 왔던 전형적인 경상도 사나이인지라, 자신의 생
각이나 감정을 쉽게 겉으로 드러내지 못하는 성격이었습니다.

그러던 박 상병이 GOP 철책선 경계 근무를 하기 위해 최전방 소초 근무를 하게 되었습니다. 적을 바라보며 중무장을 하고 24시간 근무를 이어가는 초긴장 상태의 전방 근무를 수행하면서 박 상병의 입은 더욱더 무거워져 갔습니다.

이렇다 저렇다 느낌이나 감정을 좀처럼 드러내지 않던 박 상병에게 소초장이 지시한 취침 전 10분간의 '칭찬과 용서구하기 시간'은 처음엔 참 어색하고 힘든 시간이었다고 합니다.

철야 근무를 마치고 취침에 들기 전에 전 소초원이 한 자리에 모여 분대별로 10분간 상대방을 칭찬하거나 자신의 실수를 고백하고 서로 악수하고 포옹하며 어깨를 두드려 주는 '칭찬과 용서구하기 시간'은 처음에는 닭살 돋는 어색하기 그지없는 시간이었습니다.

그런데 시간이 지나고 반복되는 그 시간을 의미 있게 보내기 위해 자신도 모르게 서로가 서로에게 관심을 갖고 이해하는 마음으로 살펴 주기 시작했다고 합니다.

"열 길 물 속은 알아도 한 길 사람 속은 모른다."는 말이 있지요? 그동안 무심하게 지나쳤던 동료 전우들의 아픔과 어려움이 눈에 보이기 시작했다고 합니다. 자기 자신의 느낌과 생각에도 솔직해지기 시작했고, 자기가 모르던 자신의 단점도 보이기 시작했습니다.

칭찬과 용서의 시간을 통해 박 상병은 훨씬 더 밝아지고 믿음 직한 사나이로 바뀌어 가기 시작했습니다. 좀처럼 자신의 감정을 드러내지 않고 감추려고만 했던 성격이 차츰 바뀌기 시작한 것이지요.

10분간의 짧은 시간이었지만 그 칭찬과 용서의 시간은 박 상병을 보다 더 성숙시키고 발전시키는 계기가 되었습니다. 물론 덕분에 군 생활도 더욱 활기차게 해 나갈 수 있게 되었고요.

용기가 필요한 시간이었을 겁니다. 우리는 내 장점을 자랑하고 늘어놓는 데는 익숙하지만 나의 허물과 잘못을 인정하고 드러내는 일에는 참 어색한 것이 사실입니다. 여러분들은 어떠신지요? 솔직하게 자신의 잘못을 드러내고 용서를 구할 수 있는 시간을 얼마나 갖고 계신지 모르겠습니다.

내 주변의 전우들에 대한 따뜻한 시선 한 번이 병영을 더욱 밝게 만들 수 있지 않을까 하는 생각을 해 봅니다. 박 상병의 이야기를 접하면서 우리 군 장병들이 군 생활을 통해 조금씩 어른이 되어 가고 있다는 믿음을 가지게 되었습니다.

네 번째 이야기

초코파이와의 만남, 불교와의 인연

군법당을 한 번이라도 방문해 보신 분들은 아시겠
지만 군법당, 특히 전방 야전부대의 소규모 법당들
은 여법한 도량에, 향 내음 그윽한 모습을 기대하기 어렵습니다.

향 내음보다는 땀 냄새가 배어 있는 척박하고 열악한 현실의
법당이 아직도 대부분입니다. 그래도 장병들은 힘들고 어렵게
만 느껴지는 군 생활에 작은 위안과 여유를 찾고자 법당을 찾습
니다.

뭐 거창하게 삶의 가치나 인생의 철학을 갈망해서가 아닙니
다. 이루지 못한 간절한 소망을 이루기 위해 찾는 것도 아닙니
다. 그들은 고향에 계시는 엄마가 생각나서, 전역 후의 진로 걱
정이나 혹은 사회에 남겨진 여자 친구 걱정에 부처님 품을 찾아
옵니다.

그들에게 불교의 철학이나 사상을 거창하게 강의하고 싶지는

않습니다. 군에서 허락받은 짧은 법회 시간 동안 뭘 억지로 가르친다는 건 무리라는 걸 진작 알아 버렸습니다.

그 대신 저는 법당에서 따뜻하고 편안한 마음으로 마음껏 엄마 생각하고, 긴장 풀고, 여유 있게, 쉬다가 가기를 권합니다. 그들에게 군법당, 아니 불교는 따뜻하고 편안한 곳이라는 인식을 심어 주려 노력합니다.

만남은 누구에게나 귀하고 소중한 것입니다. 누구를 어떻게 만났느냐에 따라 삶의 모습이 많이 달라지곤 합니다. 유비가 공명을 만나지 못했다면, 이순신이 유성룡을 만나지 못했다면, 헬렌 켈러가 설리반 선생님을 만나지 못했다면 그들의 인생은 많이 달라져 있었을 것입니다.

저는 군법당을 찾는 장병들이, 불교와의 첫 만남을 통해 귀한 불교와의 인연을 소중하게 간직할 수 있는 마음을 냈으면 좋겠다는 바람입니다. 불교가 할머니의 종교, 어머니의 종교가 아니라 내 종교가 될 수 있는 발판을 마련해 주었으면 좋겠습니다.

옷깃만 스쳐도 귀한 인연이라는 말처럼 불교와의 만남이 그저 스쳐 지나가는 인연이 아니라 오랫동안 마음에 간직하게 될 좋은 인연이 되기를 바랍니다.

목탁 소리 들으며 합장 한번 해 보고, 어색하게 절도 따라해 보고, 더듬더듬 짚어가며 『반야심경』 한번 읽어본 경험이 어쩌면 그들에게 삶을 변화시킬 수 있는 귀중한 인연이 될 수도 있다는 생각으로 불교와의 만남을 소중하고 아름다운 추억으로 만들어 주려고 노력합니다.

재미있는 이야기를 하나 해 드리겠습니다. 군법당에서는 그 불교와의 만남을 잘 가꾸는 데 있어 대단히 중요하고 또 필요한 도구가 하나 필요합니다. 그것은 다름 아닌 '초코파이'입니다.

군대에 다녀온 분들은 다 아시겠지만 군대에서 종교행사가 끝난 뒤에 교회·성당·법당에서 간식으로 뭘 주었느냐에 따라 그 다음 주 교회·성당·법당의 종교행사 참석률이 달라집니다. 믿지 않으실는지 모르지만 엄연한 현실입니다. 무엇을 주었느냐에 따라, 심지어 하나를 주었느냐 두 개를 주었느냐에 따라 종교를 바꾸는 웃지 못할 일들이 벌어지기도 하는 것이 바로 군에서의 종교생활입니다.

물론 그게 전부는 아니라는 것, 저도 잘 알고 있습니다. 그러나 고된 훈련 중에 만나는 짧은 휴식, 그때 만나는 작은 기쁨이 바로 간식 먹는 것 아니던가요? 환경에 따라 받아들이는 마음가짐도 달라지기 마련입니다.

군에서 먹는 초코파이 하나, 커피 한 잔은 일반 사회에서 먹는 그것의 맛과 의미가 다릅니다. 굳이 원효대사의 일체유심조

해골 바가지의 일화를 들먹이지 않더라도 사회에서는 거들떠 보지도 않았던 과자 부스러기가 꿀맛같이 느껴지고, 하루 종일 뒹굴고 놀 때는 귀한 줄 몰랐던 시간들이 긴 행군 끝에 찾아오는 짧은 휴식을 통해서 얼마나 소중한지 깨닫게 되는 곳도 군대입니다.

어떻게 받아들이고 어떻게 느끼느냐에 따라서 세상이 달라진다는 사실, 그들은 군에서 겪는 일들을 통해서 만남을 새롭게 가꾸어 가는 방법을 배워갑니다. 군대와의 만남, 군대와의 인연 속에 군법당을 찾는 불자들은 이렇게 만남의 인연을 가꾸어 가고 있습니다.

우리는 어쩌면 불교와의 만남, 불교와의 인연을 너무 거창하고 대단하게만 생각하고 있는 것은 아닌지 모르겠습니다. 군법당을 찾는 병사들은 초코파이 하나로도 불교와의 만남을 이어가고 있는데 말이죠.

피아노 군종병

　　요즘 들어 이기적이고 개인적인 삶에만 익숙해져
있는 젊은이들에 대한 걱정과 염려들을 많이 합니
다만, 군에서는 오히려 이런 다양함이 모여 서로가 서로를 이해
하고 함께하는 좋은 인연이 되기도 하지요.

　사람과 사람이 만나고 섞여 지내다 보면 새로운 경험도 하게
되고, 그동안 몰랐던 성격이 드러나기도 하는데요. 진짜 '나'와
그렇게 되고 싶은 '나'를 알아차리게 되기도 합니다. 다르지만
틀리지 않다는 사실을 공부하는데 군대만한 곳이 있을까 하는
생각을 해 봅니다.

　얼마 전 군 생활을 마치고 전역한 정 병장은 저에게는 좀 특
별한 인연이었습니다. 일 년 전 처음 만났을 때부터, 좀처럼 말
이 없고 과묵한 성격에 법회에 참석해서도 조용히 뒷자리에 앉
아 책이나 보다가 가곤 했던 정 병장, 좀처럼 가까워지기 어려

173

운 성격이었습니다.

주변의 전우들이나 부대 간부들에게 물어 보니 내무반 생활이나 훈련 중에도 내성적이고 소심한 성격 탓에 주변 사람들과 어울리는 법이 거의 없다는 것이었습니다. 언제나 한 걸음 뒤로 물러나 조용히 미소를 짓는 것이 매력이었던 정 병장과 우연히 대화를 나눌 수 있는 기회가 찾아왔습니다.

내향적 성격 탓에 마음을 여는 것이 어려웠지만 시간이 지나면서 속내를 털어놓게 되었지요. 무슨 문제나 걱정이 있는 것은 아니었지만 본인도 그런 소심한 성격을 고쳐보고 싶은 생각이 있다는 것이었습니다.

저는 정 병장에게 법회 때 찬불가 피아노 반주를 해 볼 생각이 없느냐고 권해 보았습니다. 마침 반주자가 없어 법회 때 음원 반주 CD를 틀고 있는 형편이어서 잘되었다 싶었습니다.

초등학교 때 피아노 학원에 다녀 본 경력이 있다고 해서 제가 무조건 해 보라고 약간은 강권을 했습니다. 군대라는 게 참 묘해서 때로는 도저히 일어나지 않을 것 같은 일들이 기적처럼 일어나기도 합니다.

언젠가 불교 군종병을 뽑을 때 『천수경』을 암송하면 선발이 가능하다고 했더니만 한 번도 『천수경』을 들어본 적이 없는 이 등병 친구가 사흘 만에 『천수경』을 외워 내는 것을 본 적도 있습니다.

정 병장에게도 같은 기적이 일어나길 바라면서 몇 번이고 부탁을 했더니만 마지못해 해 보겠다고 마음을 조금 내 주었습니다. 물론 저는 포상휴가를 건의해 보겠다는 선심성 약속(?)도 잊지 않았습니다.

다행히 부대 생활관과 법당이 멀지 않아 정 병장은 일과 후에 짬짬이 법당에 와서 찬불가 반주 연습을 시작했습니다. '삼귀의', '사홍서원', '청법가' ……. 하나 둘씩 반주가 가능한 곡들이 늘어나기 시작했습니다.

찬불가를 한 번도 반주해 본 적이 없는 정 병장, 더구나 몇 년간 거의 피아노를 만져보지 않았다던 정 병장은 불과 한 달 정도가 지나자 일요법회 반주를 정식으로 맡을 정도로 실력이 일취월장했습니다.

많은 사람들의 격려와 박수 속에 첫 법회 반주를 무사히 마친 후부터 정 병장은 법당에 일찍 나와 군종병들과 대화도 많이 나누고, 토요일에는 법당 청소도 도맡아 하면서 얼굴도 밝아지고 성격도 적극적으로 변하기 시작했습니다. 작은 인연이 정 병장에게는 큰 변화를 가져다 준 것 같았습니다.

그런 정 병장이 얼마 전 전역을 했습니다. 수줍은 듯 미소를 보이며 감사 인사를 하는 정 병장을 보면서 저는 한참 동안이나 정 병장의 손을 꼭 잡아 주었습니다. 오히려 제가 고마웠기 때문입니다.

지금은 다시 반주 CD로 법회를 진행하기 때문일까요? 오늘따라 전역한 정 병장이 더욱 그리워집니다.

한번 이등병이 영원한 이등병은 아니다

군에서는 계급 때문에 생기는 여러 가지 에피소드
가 참 많습니다. 요즘은 동기간에 함께 생활관을 쓰
는 경우가 늘고 있는 추세라 예전보다 많이 좋아졌다고는 하지
만, 그래도 조직과 규율이 강조되는 병영 생활의 특수성 때문에
계급이 낮으면 위축되고 눈치를 보면서 생활하게 되는 경우가
아직도 많이 있습니다.

일단 이등병 계급장을 달게 되면 나이가 많건 적건, 대학을 다
녔건 다니지 않았건 그런 것들은 그다지 큰 문제가 되지 않습니
다. 왜냐하면 모든 것들이 다 어색하고 힘들게만 느껴지기 때문
이지요.

얼마 전 복무 부적응 문제로 이야기를 나누었던 김 이병의 경
우도 마찬가지였습니다. 군대에 오기 전 별다른 어려움 없이 대
학에 다니다 입대한 김 이병은 자대에 배치를 받자마자 밀려드

는 생소한 일들 때문에 여간 힘들어 하는 것이 아니었습니다.

공과대학에 다녔던 김 이병은 전공을 살려(?) 공병부대에 배치가 되었는데 삽질 한번 제대로 해 보지 않았던 김 이병에게 주어진 각종 작업이나 근무는 평상시 경험해 보지 못한 생소하기 그지없는 일들이었습니다.

특히 지난가을 추계 진지공사에 부대가 투입되었을 때 고참 선임병들의 능수능란한 움직임을 보면서 김 이병은 그만 질려 버리고 말았던 겁니다. 누가 뭐라고 한 것도 아닌데 저 힘들고 어려운 일들을 앞으로 어떻게 해 나가야 할지 지레 겁이 났던 모양입니다.

자신감은 점점 사라지고 두려움이 앞서서 상담을 요청해 온 케이스였습니다. 걱정과 한숨으로 가득 찬 김 이병의 이야기를 들으면서 저는 부대는 달랐지만 일 년 전 같은 문제로 상담을 했던 박 병장이 떠올랐습니다.

지금은 병장이 되었지만 작년에 저를 찾아왔던 박 이병은 왜소한 체격에 소심한 성격으로 부대원들의 걱정을 한몸에 받고 있던 이른바 관심병사였습니다. 군 생활이란 것이 누구나 처음에는 힘들게 느껴진다고 하지만 박 이병의 경우는 군 생활이 힘들어도 너무 힘들게만 느껴졌던 겁니다.

법당에 찾아와 하소연하는 박 이병이 그때는 참 안쓰러워 보였습니다. 그래도 힘을 내서 열심히 해 보자고 어깨 두드리며 격려를 해 주었던 때가 엊그제 같은데, 박 이병은 힘들어 하면서도 부대 간부들의 관심 속에 하루하루 군 생활의 경험을 늘려 가게 되었고, 각종 훈련에도 빠지지 않고 참가하게 되었습니다.

그 결과 지금은 당당하게 분대장이 되어 후임병들을 이끄는 자리까지 맡게 되었지요. 왜소한 체격에 입도 짧고 운동도 그다지 좋아하지 않아 저질체력을 자랑(?)하던 박 이병이었지만, 지금은 모든 일을 능수능란하게 처리하는 특급전사 박 병장이 되어 있었습니다.

걱정 속에 힘들어 하는 김 이병에게 특급전사 박 병장의 이등병 시절 모습을 이야기해 주었습니다. 어리바리했던 박 이병이 시간이 지나면서 능수능란한 박 병장이 되어 가는 과정을 듣고 난 김 이병은 미소를 보이며 걱정을 조금은 덜어내는 모습이었습니다.

군 생활을 시작할 때는 누구나 힘들게 시작합니다. 처음부터 잘하는 사람은 아무도 없지요. 그러나 시간이 지나고 경험이 늘게 되면 모든 일들이 익숙해지기 시작합니다. 경험은 많은 것을 변화하게 만듭니다.

한번 이등병이 영원한 이등병은 아닙니다. 금방 시간이 지나고 일병과 상병을 거치면서 어렵게 느껴지던 일들도 능숙하게 감당해 낼 수 있는 힘과 지혜가 생겨나게 됩니다. 경험이 자신감을 만들어 주기 때문이지요.

우리네 삶도 마찬가지가 아닐까요? 어떤 일을 새롭게 시작할 때는 누구나 어색하게 느끼고 실수도 하게 되고 그렇습니다. 그렇지만 그 어색함과 실수를 통해 조금씩 앞으로 나아갈 수 있는 것이라고 생각합니다.

김 이병도 내년 이맘때쯤에는 당당하고 성숙한 모습으로 멋지게 군 생활을 해 나가고 있을 것이라고 믿어 의심치 않습니다.

영원한 이등병은 존재하지 않습니다.

GOP 법회의 추억

강원도 최전방의 군법사로 활동하면서 철책 경계를 하는 GOP 부대를 법회나 위문 차 방문할 일이 종종 있습니다. GOP 부대는 주로 야간 근무를 맡고 있는지라 저녁 무렵 찾아가 함께 동석식사를 하고 부대원이 작전에 투입되기 전에 위문을 하고 축원기도를 해 주곤 하지요.

군장을 다 갖춘 상태에서 뉘엿뉘엿 넘어가는 저녁노을을 바라보며 나라를 위해, 그리고 우리 전우들의 안전을 위해 모두 마음을 모아 고개 숙여 기도하고 있는 모습은 정말 숙연하고, 거룩해 보이기까지 합니다.

아무리 군 생활이 편해지고 좋아졌다고는 하지만 최전방 GOP 경계 부대의 군기는 그야말로 엄중하기 그지없습니다. 엄연히 적과 중무장한 상태로 대치하고 있는 중이고 도발사건도 진행 중이기 때문이지요.

그런 초 긴장상태에서 근무하는 장병들을 만나러 갈 때마다 그들의 의연한 모습을 볼라치면 참 뿌듯하고 대견하기 그지없습니다. 신세대 장병이니, 이기적이고 허약해서 걱정이니 하는 우려는 저만치 달아나 보입니다.

씩씩하고 늠름한 모습으로 당당하게 근무에 임하고 있는 모습을 볼 때면 저도 모르게 뿌듯한 미소가 지어지곤 합니다.

그네들을 찾아가 위문을 할 때면 저도 신이 납니다. 위문품이라야 초코빵이나 음료수가 고작이지만, 그래도 어깨 두드려 주며 고생한다고 격려해 주면 그렇게들 좋아할 수가 없습니다. 고향의 부모님 이야기나 여자 친구의 이야기라도 나올라치면 신나서 자랑을 하기도 하고 또 걱정에 눈물을 글썽이기도 하지요.

그대로 그런 최전방 소초에서도 법회가 진행됩니다. 법당이 마련된 곳도 있지만 대부분은 법당이 없어 불교 군종병에 의해 약식으로 『국군법요집』을 독송하곤 합니다.

그러다가 군법사님이 직접 주관하는 법회를 함께하게 되면 법사도, 우리 병사들도 덩달아 신심이 넘쳐납니다. 일요일 오후, 방탄 헬멧에 탄띠까지 착용한 상태에서 그들은 법회에 참석하고 북녘 땅을 바라보며 진행되는 최전방 초소에서의 법회 모습에서 군불교의 보람이 새삼 느껴지기도 합니다.

군법회의 매력이 이런 게 아닐까 하는 생각이 듭니다. '처처

법당이요 사사불공이라'고 했던가요? 굳이 화려한 단청이나 여법한 부처님이 모셔져 있는 법당이 아니라고 하더라도, 정성스런 마음으로 합장하고 장병들과 함께 기도하는 곳이라면 비록 땀 냄새 가득한 병영 막사라고 하더라도 그곳이 바로 도량이고 그곳이 바로 부처님 계신 곳 아닌가 하는 생각이 듭니다.

어느 이름 모를 이등병은 고향의 부모님이 편히 잠들어 계실 시간에, 자신은 깨어 북녘 땅을 바라보며 경계 근무를 서고 있는 것이 처음엔 그리도 힘들게만 느껴지더니, 차츰 부모님의 편안한 잠자리를 위해 내가 이렇게 근무를 서고 있어 스스로가 자랑스러워지더라는 이야기를 하더군요. 참 믿음직해 보였습니다.

최전방 부대를 방문하여 위문행사도 하고 또 그네들을 위해 기도하고 돌아오는 길, 참으로 많은 별들이 하늘에 가득 떠 있었습니다.

우리 병사들이 모두 다 하늘에 떠 있는 별 같아 보였습니다.

병사와 오렌지

일반 사찰과는 달리 군인들만이 가득한 군법당에서 법회를 진행하다 보면 밖에서 경험하지 못하는 독특하고 색다른 경험들을 하게 되는 경우가 종종 있습니다.

얼마 전에도 그런 경험을 하게 되었는데요. 일요법회 법문을 마치고 법당을 나오려는데 처음 보는 사병 법우 한 명이 수줍게 커다란 오렌지 하나를 내미는 것이었습니다.

의아해하는 나를 보고는 뒷머리를 긁적이며 고향에서 어머니가 오렌지 한 상자를 보내왔는데 그 중 두 개를 부처님께도 올리고 법사님께 드리고 싶어 가지고 왔다는 것이었습니다.

저는 고맙게 받아 들고는 감사의 합장 대신 진하게 한 번 끌어안아 줬습니다. 그날은 종일 미소가 떠나질 않았습니다. 그 마음이 너무도 기특하거니와 투박스런 사내대장부 손에 들려 있던 예쁜 오렌지 하나가 자꾸만 떠올랐기 때문이었습니다.

뭐 거창하고 대단한 것은 아니지만 정성의 마음이 담겨져 있는 선물이어서 아직 저는 그 오렌지를 먹지 못하고 책상 위에 올려놓고 바라만 보고 있습니다.

군법당에서는 이처럼 감동의 드라마가 펼쳐질 때가 종종 있습니다. 떡이나 과일을 불단 위에 올리는 것이 아니라 초코파이나 콜라박스를 불단공양으로 올리기도 합니다. 법회를 마치고 대중공양할 피자라도 불단에 올리고 법회를 진행할라치면 그 고소한 냄새에 여기저기서 군침 넘어가는 소리가 들리기도 하지요.

향 내음이 가득해야 할 법당에 한여름이면 땀 냄새가 진동을 해서 머리가 아플 지경인 때도 있지요. 절 한번 해 본 적이 없는 김 일병이 108배를 하며 병원으로 후송 간 동료 전우를 위해 기도하는 곳이 바로 군법당입니다.

모두가 정겨운 모습들입니다. 바깥의 일반 사찰에서는 어머니와 할머니가 아들과 손자를 위해 기도한다면, 이곳 군법당은 오히려 아들과 손자가 할머니와 어머니를 위해 기도하는 곳입니다.

부처님 오신날을 앞두고 연등공양문을 받아 보면 우리 장병들은 어머니와 가족들의 건강과 안녕을 발원하는 내용을 많이 적어 올립니다. 물론 가끔씩은 여자 친구가 고무신을 거꾸로 신고 떠나지 말게 해 달라는 나름대로 간절한 소원이 적혀 있기도 하지만요.

대부분 군부대 내에 위치하고 있는 군법당은 이들에게 거룩하고 신성한 성전의 모습으로만 존재하지는 않습니다. 법당 마당에서 족구나 농구를 하기도 하고, 법당 안에서 법사님과 함께 영화를 보기도 합니다. 부처님이 아주 멀리 계신 분이 아니라 친근하고 편안하게 언제나 함께하는 분이라는 것을 공감하게 하려고 늘 노력하는 편이지요.

군에 오기 전까지 어머니의 종교, 할머니의 종교였던 불교가 내 삶에 등불이 되고 내 인생을 밝혀줄 내 종교로 새롭게 변화되는 곳이 바로 군법당입니다.

대단한 불교교리는 모른다고 하더라도 고향에서 보내 준 오렌지 하나 잘 간직했다가 부처님 전에 올린 이름 모를 군불자를 떠올려 봅니다. 그리고 오늘도 전후방 각지에서 작지만 정성스런 불심으로 촛불 하나 밝히는 군법당이 있기에 내일의 군불교는 결코 어둡지 않을 거란 희망을 가져보게 되었습니다.

오렌지 하나에 담긴 정성 덕분에 참 많이 행복한 부처님의 미소가 느껴집니다.

붕어빵이 맺어준 불연佛緣

누구나 한 번쯤 낙엽 떨어지는 가을이나 찬바람 불던 겨울에 거리를 걸으면서, 학교 앞 골목 어귀에서 팔던 붕어빵 한두 개쯤 사먹어 본 경험이 있을 것입니다. 뭐 그다지 대단한 먹거리는 아니지만 그래도 심심풀이 삼아, 아니면 옛 추억을 생각하며 한 개 두 개 먹다 보면 어느새 배가 두둑해지는 것을 느낀 적도 있었을 것입니다.

능숙한 손놀림으로 무쇠 빵틀을 뒤집어 가며 휘파람을 불어대는 붕어빵 아저씨가 멋져 보이던 것은 아마도 초등학교 시절이 아니었을까 싶습니다. 하지만 놀랍게도 우리 군법당 법우 가운데 그 누구보다 붕어빵 제조에 자신이 있다는 병사가 있기에 지면을 빌어 소개해 드리고자 합니다.

그 주인공은 독수리부대 본부에 근무하고 있는 민 상병입니다. 붕어빵과는 그다지 관련이 없어 보이는 병기총포정비를 담당하고 있다는 민 상병. 그런데 어찌된 영문인지 붕어빵을 만드느라 그의 손길은 법당에만 가면 정신없이 바빠집니다.

사실 얼마 전부터 독수리부대 법당인 호국사에서는 매번 법회가 끝나고 난 뒤 붕어빵 공양을 하는 전통 아닌 전통이 생겼습니다. 법회가 끝난 후 대중 공양 문제로 걱정을 하던 법사님과 간부불자님들이 모여 회의를 하게 되었습니다.

많은 의견들이 오고가다가 마침내 일반적인 초코빵 공양 대신 붕어빵을 만들어 나누어주는 것이 어떻겠느냐는 혁신적인 제안을 병기관님과 주임원사님이 내셨고, 이른바 붕어빵 대중 공양 계획은 그 후 일사천리로 진행되었습니다.

붕어빵을 제작할 수 있는 기계를 수소문하여 구입하게 되었고, 소싯적 붕어빵 아르바이트 경험이 있던 병기관님이 제작 시범을 보여 주었습니다. 그리고 인연이 있어 법당을 나오던 민 상병이 붕어빵 제작 담당자로 발탁(?)되어 기술을 전수 받게 되었습니다.

그리고 조촐한 시식회를 거쳐 약 두 달 전부터 법회가 끝난 후 공양을 하게 되었는데 병사들의 반응은 대성공이었습니다. 지난 훈련 때에도 위문품으로 그 위력(?)을 톡톡히 발휘했다는 후문입니다.

사실 민 상병은 사회에서 환경공학을 전공하던 공학도입니다. 고향이 경기도 문산인 그는 어린 시절 부모님 손에 이끌려 이름도 기억하지 못하는 절에 한두 번 가 본 경험이 불교 신행 활동의 전부인 정말 말 그대로 무늬만(?) 불자인 법우였습니다.

군에 와서도 여러 가지 사정과 이유로 법당활동엔 그다지 관심이 없었다고 합니다. 가끔씩 법회에 나오던 민 상병이 묘한 인연으로 붕어빵 제작의 책임을 맡고부터는 매주 법회에 나올 수밖에 없었고, 그렇게 하루하루를 보내다 보니 법당에 와서 많은 법우들을 위해 붕어빵을 굽는 일이 가장 기쁘고 또 기다려지는 일이 되었다고 합니다.

큰 재주는 아니지만 작은 정성이 큰 기쁨을 줄 수 있다는 사실을 새삼 깨닫게 되는 소중한 계기가 되었다고 하니 얼마나 기쁘고 좋은 인연입니까.

붕어빵 기계에서 나오는 엄청난 열기 때문에 좁은 요사채 부엌에서 매주 땀을 수억 톤쯤은 흘려야 하지만 그래도 직접 만든 붕어빵을 다들 좋아해서 어려움을 모두 잊을 수 있다고 밝게 웃는 민 상병. 붕어빵 빵틀 앞에 서 있는 그의 미소가 너무도 아름다웠습니다.

그는 독수리부대 법당인 호국사에서 법회를 마치고 나오는 불자들에게 오늘도 이렇게 말합니다.

"붕어빵이 아니라 잉어빵이라고 불러 주세요!"

전방 부대의 부처님 오신날

부처님 오신날이 코앞으로 다가왔습니다. 아마도 부처님 오신날을 맞이하여 전후방 각지의 군법당에서는 봉축행사 준비가 한창일 텐데요. 불교와의 인연이라고 해야 어린 시절 초파일에 절에 찾아가 비빔밥 한 그릇 얻어먹은 경험이 전부인 젊은이들이지만, 군법당에서 직접 봉축행사의 주인공이 되어 즐거운 모습으로 부처님 오신날을 준비하고 있는 모습을 보고 있으면 절로 미소가 지어집니다.

부처님 오신날의 모습이야 전국의 각 사찰이 크게 다르지 않겠지만, 군법당만큼은 색다른 모습이 적지 않습니다. 주지 법사 없이 자체적으로 법당을 꾸려 가는 곳이 많다 보니 군법당에서는 일단 법당 안에 걸려 있는 연등의 모습들이 각양각색입니다.

거친 사내들이 처음 만들어 보는 연등은 연잎 비비는 일이며 풀칠하고 붙여서 예쁘게 만드는 일들이 그리 녹록하지 않아서 연등이 단정하고 곱게 만들어지기가 쉽지 않습니다.

그래서 군법당에서는 팔모등을 만들어 각자의 소원을 직접 그려 넣거나 아니면 종이 주름등을 활용하는 경우도 적지 않습니다. 일 년 동안 밝히는 법당 안의 등은 얼마이고, 하루만 밝히는 법당 밖의 등은 얼마라고 연등 보시금이 책정되어 있는 일반 사찰의 경우가 군법당에서는 먼 다른 나라 이야기입니다.

일단 보시금은 따로 책정하지 않고 정성껏 마음을 모아 내는 경우가 대부분입니다. 그래서 군법당에서는 천 원짜리, 이천 원짜리 등이 수두룩하지요.

그러다 보니 작은 규모의 대대 법당에 달려 있는 2~30여 개의 등으로는 부대원 모두의 발원을 달기가 쉽지 않습니다. 그래서 등 하나에 등표를 네 개씩 달기도 합니다.

등표 뒤에 쓰여 있는 발원과 기원문을 보면 웃음이 절로 나거나 가슴 뭉클해지는 사연도 많습니다. 주로 어머니와 아버지의 건강과 가정 화목 발원이 가장 많습니다. 그리고 그 중에는 여자 친구가 딴맘 먹지 않게 해 달라거나, 다음 주에 있을 유격 훈련을 무사히 마치게 해 달라는 발원문도 있습니다. 또 더러는 취직이나 학업의 염려를 담은 발원문도 적지 않게 발견되곤 하지요. 모두가 정겨운 모습들입니다.

제가 근무하고 있는 강원도 최전방 인제·양구 지역에는 군법당이 모두 33개 동이나 됩니다. 그런데 활동하고 있는 군승은 모두 일곱 명. 그래서 부처님 오신날에 즈음해서 법회 일정을 짜는 일이 여간 어려운 일이 아닙니다.

어떻게 하면 더 많은 장병들이 보다 원활하게 법회를 볼 수 있을까 고민에 고민을 거듭합니다. 덕분에 초파일 당일에는 탄생불과 관불대를 들고 세 번, 네 번의 법회를 봉행하기 위해 뛰어다니곤 합니다.

몸은 고되고 힘들지만 그래도 장병들과 함께 맞이하는 부처님 오신날을 환희와 기쁨의 날로 만들기 위해 즐겁게 웃으며 봉축행사를 마련하고 있습니다.

아마도 군문에 있는 이들에게는 처음 참석하는 부처님 오신날 행사인 경우가 대부분일 것입니다. 군법당에서 맺어지는 작은 인연이 그들의 마음속에 심어져 부처님과의 귀한 인연으로 이어지길 발원하고, 그들이 바라보는 연등 하나하나가 부처님의 자비광명으로 세상을 밝히기를 기원하며, 전국의 군법당에서는 오늘도 국군 장병들이 연등을 밝히고 있을 것입니다.

법문 준비의 애환

오늘은 일요일입니다. 아마도 전국의 각 군법당에
서는 장병들과 함께하는 일요정기법회로 바쁜 하루
를 보내셨을 겁니다. 군승 법사님들은 일요일 하루에 적게는 한
두 번에서 많게는 네댓 번의 법회를 직접 주관합니다. 그저 단
순히 법문만 하는 것이 아니라 법회의 모든 것을 하나하나 챙기
고 살피다 보면 하루가 짧게만 느껴집니다.

그런 바쁜 와중에 법회를 준비하면서 사실 가장 걱정되고 부
담스러운 것이 바로 법문입니다. 매주 계속되는 법회에다 일주
일에 서너 번 이상 다른 주제를 가지고 법회를 하려면 준비에
여간 신경이 쓰이는 것이 아닙니다.

제 이야기를 하나 해 드릴까 합니다. 사실 저에겐 법회를 앞
두고 언제나 저를 괴롭히는 감추고 싶은 비밀이 하나 있습니다.
법회 전날은 예나 지금이나 변함없이 걱정스럽고 불안한 마음

에 좌불안석이 될 때가 적지 않은데 그 이유는 다름 아닌 법문 걱정 때문입니다.

군승으로 군법회를 진행해 온 지가 십 수 년이 지났지만 설법이라는 것은 오히려 날이 갈수록 더욱 어렵고 힘들게만 느껴집니다. 부처님 말씀을 전하는 일이 어찌 쉬울 수가 있겠습니까? 매주 젊은 청년 불자들을 위한 법회를 주관해야만 하는 입장에서는 이게 보통일이 아닙니다.

명확한 주제나 인용할 경전이 일찍 정해지는 때는 그나마 덜하지만 법회 전날까지 온전히 법문 주제가 정해지지 않거나, 혹 정해졌다 하더라도 인용할 경전이나 좋은 예화가 떠오르지 않을 때는 답답한 마음에 부족한 수행을 한탄하기도 하고 '진작 경전 공부에 더 매진할 것을' 하고 후회해 보기도 하지만 당장 눈앞의 불을 끌 수는 없는 일. 나름대로의 다양한 방법을 동원해 법문 준비에 도움을 받고자 애를 씁니다.

장병들에게 도움이 될 만한 경전 구절을 찾아내기 위해 불교 서적을 뒤적이기도 하고 전에 적어 놓았던 법문 원고를 들척이기도 합니다. 때로는 뒷산 산행을 가서 심호흡을 하며 법문 준비에 골몰하기도 하지요.

그도 저도 아니면 각종 불교 잡지나 관련 인터넷 사이트를 찾기도 하는데 그때마다 느끼는 것이지만 세상에는 멋진 말, 좋은 말들이 얼마나 많은지, 아마도 거기 쓰인 대로만 산다면 세상 근심 걱정은 하나도 남아 있지 않을 것 같다는 생각이 들기도 합니다.

그러나 그런 말들은 모두가 '남의 말'일 뿐, 내 가슴으로 받아들인 '부처님의 가르침'이 되기는 어렵습니다. 그래서 고민, 고민 또 고민입니다.

여하간 그래도 설법 내용이 좀처럼 정리되지 않으면 법당으로 달려가 가부좌를 틀고 앉아 보기도 하고, 목탁 들고 정신없이 석가모니불 정근을 하기도 하는데 사실 그래도 법회 전날의 초조함을 떨쳐 버리기란 쉽지 않습니다.

제 자랑 같습니다만 지금까지 수많은 법회를 주관해 오면서 제법 법문을 '잘 한다'는 칭찬과 격려를 받은 적이 많습니다. 그런 칭찬을 들으면 기분은 하늘을 날을 듯합니다. 하지만 하늘이 알고 땅이 알고 그리고 내가 안다고 했던가요.

글로 읽은 다른 이의 법문을 그대로 옮겨 말하거나 법문이 온전히 전달되지 못하는 것을 느끼게 되면 제 마음도 편치 못할 뿐만 아니라 장병들의 반응도 그리 신통치 못해서 여간 마음의 부담이 되는 것이 아닙니다.

요즘 신세대 장병들의 특징 가운데 하나는 기존의 종교적 권위나 위계질서에 그냥 순응하는 경우가 드물다는 점입니다. 법문이 끝난 뒤에 당돌한 질문을 던지는 경우도 적지 않습니다.

옛 스승님들은 뜰 앞의 잣나무를 보고도 도를 말하고, 불어오는 바람, 피어 있는 꽃 한 송이에서도 진리를 발견했건만, 아둔하고 부족한 저는 부처님의 귀한 말씀이 담긴 경전을 직접 만나도 아무런 공부의 진전이 없으니 답답하고 안타까울 따름입니다.

부처님의 가르침을 온전히 전하는 일이 어디 쉬운 일이겠습니까만, 그래도 전법교화의 사명을 안고 군승 법사의 길로 들어왔기에 앞으로도 이런 고민과 걱정은 계속될 것 같습니다.

그나저나 다음 주 법회 때 설법은 또 어떤 부처님의 가르침을 전할까 벌써부터 걱정입니다.

참전 노병과의 만남

내일은 6·25 전쟁이 일어난 지 62주년이 되는 날
입니다. 62년 전에 일어난 전쟁은 온 나라 국토를
잿더미로 만들었지요. 시간이 지나 포성은 사라지고 전쟁은 휴
전이 되었지만, 그날의 아픔과 상처는 아직까지도 우리들 곁에
고스란히 남아 있습니다.

얼마 전에는 6·25 한국전쟁 당시 아군이 산악 전투의 대표적
인 승전보를 전한 매봉·한석산 전투 61주년 승전기념 및 추모
행사에 다녀오게 되었습니다.

매봉·한석산 전투는 1951년 전쟁 당시 북한군에게 피탈당한
후 여러 차례의 공격에도 확보되지 못한 한석산을 되찾기 위해
육군 9사단이 어렵고 힘든 여건 속에서도 치열한 전투와 공격
작전을 통해 중요한 선점고지였던 한석산을 완전히 탈환한 전
투였다고 합니다.

이 전투를 통해 우리 아군은 혁혁한 전공을 세우게 되었고 선봉에 섰던 3대대는 전 장병이 1계급 특진과 백여 명이 무공훈장을 받은 전투였습니다.

그리고 그때 산화해 간 72명의 국군 장병의 넋을 기리기 위해 지난 1990년 11월 9일 현지에 전적비戰績碑를 건립해 매년 5월 추모행사를 갖고 있는데 저도 동참하여 고인들의 희생을 기리며 왕생극락을 발원했습니다.

저는 그날 추모행사에 동참한 참전 전우회 소속의 80세가 넘으신 노병들을 바라보며 많은 생각에 잠겼습니다. 당시 전투를 회상하며 눈물짓는 그분들에게 6·25는 먼 지난날의 사건이 아니라 지금까지 살아 있는 우리의 역사였습니다.

10대 후반에서 20대 초반의 젊은 나이에 참전했던 젊은이들은 이제 부축을 받아야 겨우 걸음을 옮길 수 있는 노병이 되었습니다. 떨리는 손으로 먼저 떠나간 동료 전우들에게 거수경례를 올리며 눈물을 흘리는 모습에서 전쟁의 아픈 상처는 아직도 치유되지 않은 채 그분들의 가슴에 고스란히 남아 있음을 느꼈습니다.

나라를 사랑하고 지켜 나간다는 것은 과연 어떤 것일까요? 거창하고 엄청난 것이라기보다는 나와 내 부모, 내 가족을 지키기 위한 노력이 모여져 큰 힘이 되었던 것은 아닐까 생각해 봅니다.

가끔씩 군복무를 회피하기 위해 다양한 방법으로 불법을 자행하다가 문제를 일으킨 뉴스를 접하곤 합니다. 자랑스러운 국방의 의무를 이야기하기에 앞서 내 자신은 좀 어떻게 피해갈 수 없을까 궁리하는 사람들에게 목숨을 내던져 나라를 지키고자 했던 그날의 선배 전우들을 먼저 생각해 보라고 말하고 싶습니다.

6·25를 하루 앞둔 오늘 우리 국군 장병 여러분도 자랑스러운 군인의 모습으로 지금 군복을 입고 있는 의미에 대해 다시금 생각해 보셨으면 합니다.

장병 여러분이 의미를 부여하고 자랑스럽게 생각할 때, 우리 군과 우리나라는 더욱 힘 있고 강한 모습을 이어갈 수 있을 것입니다.

할머니의 종교

얼마 전, 저녁법회를 마친 후 사병 불자들과 차 한 잔을 나누며 한담閑談을 나눌 수 있는 시간이 있었습니다. 저녁 시간, 연일 계속되는 훈련과 작업으로 쉬고 싶은 마음이 간절할 텐데도 법당에 찾아와 준 것이 그날따라 더더욱 반가워 깊숙이 넣어 두었던 비장의 중국차를 꺼내 대접을 했습니다.

이들이 뭐 흔히 말하는 독실(?)한 불자는 아니라 하더라도 그저 법당을 찾아 주는 게 반갑고 고맙게 느껴지긴 합니다. 그러나 사실 아쉬움이 전혀 없는 것은 아닙니다.

그들과 이야기를 나누며, 이렇게 편안하게 웃을 수 있는 여유로움이 좋아서 법당을 찾는다는 이야기, 할머니의 종교, 엄마의 종교로서만 존재하는 불교의 모습을 들으면서, 내색은 하지 않았지만 그들이 돌아간 후 적지 않은 아쉬움이 남는 것은 어쩔 수가 없었습니다.

군승 법사로서 나름대로 포교와 전법의 다양한 방법을 모색하고 있기는 하지만 매번 대상이 바뀌고 제대와 입대를 반복하는 환경 속에 군법당에서 온전히 부처님의 가르침을 차근차근 일러주기란 쉽지 않은 일입니다.

그래서 항상 고민인 것이 거창한 교육이나 수행프로그램까지는 아니더라도 뭔가 불교에 대한 확신을 이끌어내고 변화를 만들어 낼 수 있는 내 종교, 내 삶의 지침으로서의 불교를 만들어 주고 싶은 욕심이 항상 있습니다.

그저 지금처럼 편안하게 인연 맺어주기로 만족해야만 하는 것인지, 혹은 열심히 불러 모아 법당에 사람만 가득 채우면 되는 것인지 등의 문제로 고민이 될 때가 종종 있습니다.

혹시 여러분들은 "불교를 왜 믿는가? 그리고 누구를 위한 불교, 누구를 위한 법당인가?" 하는 질문을 스스로에게 던져본 적이 있으신지요?

안타깝게도 다른 종교인들이 우리 불자들에게 당신의 종교가 불교인 이유를 물어올 때 자신 있게 대답하는 경우를 보기란 쉽지 않은 것이 현실입니다. 군문 안에서 만나게 되는 불교도 이와 그렇게 다르지 않습니다.

그저 정서적으로 불교가 맞아서라든가, 아니면 원래 부모님이 절에 다니셨으니까 등등, 겨우 이 정도의 답변이 대부분이지요. 내 종교가 아니라 어머니의 종교, 할머니의 종교, 그도 아니면 배우자의 종교를 아직까지 내 종교인 양 가지고 있는 것입니다. 정말 안타까운 일이 아닐 수 없습니다.

부처님의 가르침을 통해 내 삶을 밝히고 맑고 향기로운 삶을 살아가기 위한 귀한 불연을 가꾸는 데 우리는 망설이며 주저하고 방관하고 있습니다.

누구나 행복을 원하고 누구나 편안함을 추구하고 있지만 우리는 항상 바쁘다는 이유로, 어색하다는 핑계로, 부처님의 가르침을 배우기를 망설이고 있고 삶의 기준으로 삼길 주저하고 있습니다.

법회에 참석하고 기도하고 불공하며 수행하는 불자의 삶은 좀처럼 찾아볼 수 없고, 신상카드 '종교난'에만 남아 있는 이름뿐인 불교 신자로 살아가고 있는 것입니다.

초파일 연등 밝히러 절에 가서 비빔밥 한 그릇 얻어먹고 오고는 그것이 전부인 양 "나는 불교 신자다."라고 자랑스럽게(?) 얘기하는 불교 신자, "등산 가면 그래도 절에는 꼭 들릅니다." 하고 얘기하는 이른바 정서적인 불교 신자에서 맴돌고 있는 경우가 군에서는 적지 않습니다.

군포교의 일선에 서 있는 입장에서 큰 책임과 부끄러움을 느끼는 일입니다만, 그만큼이라도 해 주니 고맙다고 해야 할까? 그런 불교 신자라도 있으니 감사해야 하는 것일까? 답답한 마음이 들 때가 많습니다.

글쎄요. 그런데 이런 모습이 군불교에만 국한되는 모습은 아닐 겁니다. 우리 불자들은 부끄러워할 줄 모릅니다. 불교에 대해 모르는 것이 자랑인 양 여깁니다. 수행하고 정진하지 아니하면서 불교 신자라고 말하기 좋아하고, "부처님이 어디 법당에만 있나, 다 마음속에 있는 거지!" 하며 법회에 동참하지 않는 것을 합리화시킵니다.

그렇지만 그런 말을 하는 사람들치고 정말 마음속에 계시는 그 부처님과 만나기 위해 노력하는 모습을 보기는 쉽지 않습니다. 그렇게 되기까지는 물론 일차적으로 온전히 가르치고 살피지 못한 저희들의 책임이 큽니다.

하지만 그렇다고 하더라도 언제까지 "제발 좀 나와 주십시오." 하고 사정해야 하는 것인지요? 누구를 위한 법회이며 누구를 위한 법당일까요? 바로 나, 바로 우리들 모두를 위한 법당입니다.

수처작주隨處作主라 했던가요? 가는 곳마다 주인된 삶을 살아야 합니다. 손님으로 사는 삶은 평생 손님으로 살 수밖에 없습니다. 우리 군불자의 삶과 생활도 마찬가지입니다. 우리들 모두가 주인입니다. 내 도량이기에 내가 살펴야 합니다. 불교가 나를 위한 종교, 나를 위한 가르침이 되기 위해서는 내가 먼저 노력해야 합니다.

군문에서 불교는 이제 더 이상 할머니의 종교, 어머니의 종교에 머물 것이 아니라 바로 나의 종교로 받아들여져야만 합니다.

작은 기쁨, 큰 만족

여름휴가는 잘 다녀오셨습니까? 유난히 무덥고 지루한 장마가 함께하는 여름입니다. 올 여름에도 전국의 해수욕장이나 유원지 등에는 피서객들로 넘쳐 났다고 합니다.

이 무더운 여름에도 우리 국군 장병들은 전후방 각지의 부대에서 맡은 바 임무수행에 여념이 없을 겁니다.

깊은 밤, 삼복더위임에도 한기가 몰려오는 전방고지를 돌며 소초에서 장병들과 함께 나누었던 많은 이야기들이 생각납니다. 살벌하고 군기 엄한 최전방이지만 그곳에도 따스한 정이 있고, 임무를 마치고 돌아와 나누는 차 한잔에 지친 근무의 피로를 풀 수 있는 여유도 있습니다.

여자 친구에 대한 걱정도 있고, 병석에 누워 계신 고향의 아버지 이야기에, 전역 후의 진로 고민까지 그들의 고민을 듣다 보면 내가 가지고 있는 능력이 부족함을 아쉽게 생각할 때가 한두 번이 아닙니다. 그래도 그네들은 함께 이야기를 나누고 그네들 편이 되어 주고 함께 웃을 수 있는 것만으로도 큰 위안을 삼습니다.

오래전의 일입니다. GOP 철책 경계 부대에 근무할 때 전방 소초에서 우연히 만나게 된 갓 들어온 전입 신병에게 "그래 얼마나 고생이 많습니까. 이거 한잔 마시고 힘내세요." 하고 따뜻하게 손 한번 잡아주며 커피 한 잔과 초코파이 몇 개를 건넨 적이 있었습니다.

그때 그 이등병이 얼마나 고마워하던지, 그리고 얼마나 맛있게 그 초코파이를 먹고 커피를 마시는지, 그때 그 분위기는 말로는 차마 다 표현하기가 어려울 정도였습니다.

요즘이야 병영문화가 많이 달라졌습니다만 강원도 최전방 고지, 철책 경계 부대에서의 생활이란 10여 년 전만 해도 여건도 여러모로 불리한 데다가 어색하고 힘들고 긴장되고, 갓 들어온 이등병이 겪는 심리적인 부담은 실로 대단한 것이었습니다.

그때 접하게 되는 따뜻한 말 한마디, 자신에 대한 관심과 배려, 거기에다 차와 초코파이까지. 받아들이는 입장에서는 정말 고맙게 느껴졌던 것입니다.

흔히들 어려운 환경에서 고생을 해 봐야 성숙한 어른이 된다는 이야기를 많이 합니다. 그 이야기가 가장 잘 적용되는 곳이 바로 군대가 아닐까 싶습니다. 군법당을 찾는 많은 병사들을 보면서 그들과 나누는 커피 한잔, 초코파이 몇 개가 그리도 좋을까 하는 생각을 많이 합니다.

군 입대 전에는 더 맛있고 더 좋은 것을 많이 접하고 먹었을 텐데, 사실 제가 나누어 주는 커피는 향기로운 원두커피가 아니었습니다. 대형마트에서 구입한 자판기용 덕용포장의 커피 가루를 설탕과 프림을 넣고 군종병과 함께 공양간에서 대형 솥으로 끓여낸 것이었거든요.

커다란 보온물통에 커피를 넣으면서 좀 짠가? 싱거운가? 간도 보고 맛이 없다 싶으면 설탕을 좀 넉넉하게 넣습니다. 이렇게 해서 가지고 간 커피를 법회가 끝난 후, 초코파이 한 개와 함께 그들에게 나누어 줍니다.

그래도 그들은 너무도 맛있게, 웃으며 잘 마십니다. 물론 "감사합니다"라는 인사를 이 사람 저 사람이 하도 해대는 통에 백 번도 더 듣습니다. 항상 위문한다고 갔다가 제가 위문을 받고 옵니다.

아무리 힘들고 어려워도 그 맛에 군포교를 하는 게 아닌가 싶습니다. 커피 한 잔에도 만족과 기쁨이 있는 법입니다. 그것은 향기롭고 값비싼 원두커피라서가 아닙니다. 내가 어떻게 받아들이고 어떻게 느끼느냐에 따라 달라지는 것입니다.

감사와 만족이란 결국 내 스스로 만들어 내는 것이라고 생각합니다. 내가 감사하다고 내가 참 고맙다고 느끼는 것입니다. 행복감을 떠나서 행복이 달리 있을 수 없습니다.

아무리 돈이 많고 명성이 높고 좋은 가정을 갖고 재능이 뛰어나다고 하더라도 그 사람이 스스로 감사하다고, 만족스럽다고 느끼지 않는다면 어떻게 할 도리가 없는 것입니다.

겉으로 보기에 행복할 수 있는 조건을 별로 갖지 못했으면서도 스스로 행복하다고 느끼며 살아가는 사람들을 우리는 세상에서 가끔 발견하게 됩니다. 또 정반대로 외견상으로는 행복하지 않을 이유가 하나도 없을 것 같은데 괴로움 속에 힘들어 하는 사람들을 보기도 합니다.

그것은 아마 어떻게 그 상황을 받아들이느냐 하는 마음가짐의 문제 때문이 아닐까 싶습니다. 사람은 자기가 결심하는 만큼 행복해질 수 있다고 생각합니다.

『화엄경』에서는 모든 것이 마음먹은 데서부터 비롯된다는 '일체유심조一切唯心造'를 이야기하고 있습니다. 굳이 제가 군법당에서 겪었던 커피 한잔에 담겨 있는 만족과 기쁨을 이야기하지 않더라도 우리들 주변의 모든 부분에서 기쁨과 만족, 그리고 보람을 얻고자 한다면 받아들이는 내 마음을 잘 다스려야 할 것입니다.

모든 사람, 모든 일들을 어떻게 받아들이고, 어떻게 생각하며, 어떻게 행동하느냐에 따라 우리들의 내일과 우리들 삶의 모습이 결정되게 됩니다.

사람들은 누구나 보람 있는 삶, 만족과 기쁨의 삶을 원하고 있습니다. 아무 보람 없이 보낸 하루처럼 무의미한 것은 없습니다. 군 생활도 이와 다르지 않습니다. 의미를 부여하고 감사의 마음을 내 스스로가 만들어 가며 오늘은 보람 있는 하루였다고 느껴질 때 우리의 생활에는 향기가 있고 마음에는 만족이 생기게 마련입니다.

감사와 만족이란 환경이나 조건에 의해서 주어지는 것이 아닙니다. 스스로 만들어 가는 것이라는 사실을 다시금 마음속에 새겨 보아야 할 것입니다.

혹여나 지금의 곤란과 역경이 조건과 환경 때문에 이렇게 되었다고 생각하고 계시지는 않습니까? 보잘 것 없는 커피 한잔에도 만족과 기쁨은 존재합니다. 마음의 행복을 찾는 일은 군에서만 국한된 일은 아닐 것 같습니다.

유해 발굴단 이야기

흔히들 세상 사람들이 불쌍함을 말할 때, 버림받은 사람이라는 말들을 하곤 합니다. 그러나 사실 버림받은 사람보다 더 불쌍한 것은 잊혀진 사람이 아닐까 하는 생각을 해 봅니다.

얼마 전 제가 근무하는 부대에서 올해 상반기에 6·25 전사자들의 유해를 발굴하여 국립현충원에 봉안하기 전 진행되는 합동영결식에서 천도의식을 집전하게 되었습니다.

의식을 집전하기 전, 6·25 전쟁 당시 나라를 위해 하나밖에 없는 목숨을 바쳤으나 미처 수습되지 못한 채 아직도 이름 모를 산야에 홀로 남겨진 13만 여의 호국용사들이 있다는 말을 전해 듣고 마음이 편치 못했습니다.

우리는 현재의 물질적 풍요와 화려함 속에서 지나간 아픈 역사를 잊고 사는 경우가 많습니다. 오늘의 번영과 풍요를 위해

목숨 바쳐 산화해 간 이 땅의 젊은이들이 있었다는 사실을 간과
하고서야 어떻게 더 나은 내일을 만들어 갈 수 있겠습니까?

그래서 마침 오늘이 선망 조상님과 인연 영가들을 천도하고
왕생극락을 발원하는 백중이기도 해서, 6·25 전쟁 중 유명을
달리하고 산야에 묻혀 있는 전사자를 발굴하는 임무를 수행하
고 있는 '국방부 유해 발굴단'의 활동을 여러분들에게 소개해
드릴까 합니다.

60여 년 전 우리는 원하지 않는 전쟁을 준비 없이 치르면서
전사자를 제대로 수습할 여력조차 갖추지 못한 채 전쟁을 치렀
고, 그 후로 13만 여의 고귀한 주검이 산야에 남겨지게 되었습
니다. 전쟁이 끝난 후 마땅히 이들을 고향의 부모 형제 품으로
돌려보냈어야 했지만 전후 복구사업과 가난 극복을 위한 경제
개발에 전력한 관계로 국가와 사회는 이에 소홀할 수밖에 없었
던 것이 현실이었습니다.

이러한 안타까운 현실 속에서 50여 년이 지나고 지난 2000년
이 돼서야 비로소 목숨 바쳐 산화해 간 호국영령에 대한 참회의
심정으로, 이 숭고한 국가적 책무가 시작되었습니다.

지난 10년, 최선을 다한 유해 발굴 노력 끝에 스물네 곳의 격
전지에서 총 4,133구의 유해를 발굴하여 국립현충원에 봉안하
였습니다. 그러나 그동안의 실적은 찾아야 할 전사자의 3%에

머무를 정도로 많은 어려움이 뒤따르고 있다고 합니다.

전사자의 매장 장소에 대한 관련 자료의 제한으로 거의가 지역 주민 및 참전용사의 제보나 증언에만 의존해야 하는 상황입니다. 그런데 그분들은 이미 80대 이상의 고령이신지라 여러 가지 어려움이 많고, 전사자의 부모나 형제 등 직계 유가족의 사망이나 관심 부족으로 유가족 확인을 위한 유전자 검사나 참여가 저조해서 발굴을 하고도 신분 확인이 되지 못하는 경우도 적지 않습니다.

또한 급격한 국토개발로 인해 전투 현장이나 유해 매장지가 훼손되어 유해 발굴이 어려운 경우도 있다고 합니다. 그런 여러 가지 어려움에도 불구하고 국방부 유해 발굴단에서는 마지막 한 분의 유해를 찾을 때까지 계속해서 이 6·25 전사자 유해 발굴 사업을 추진해 나갈 계획이라고 합니다.

제가 근무하는 곳이 강원도 최전방 산골이다 보니 한국전쟁 당시 격전지였던 곳도 많고, 그래서 많은 유해들이 아직도 수습되지 못한 채 잠들어 있는 곳이 부지기수라고 합니다. 어서 빨리 그분들의 유해가 수습되기를 바라는 마음 간절합니다.

한국전쟁이 잊혀진 역사가 되지 않도록, 그리고 우리 모두의 아버지요, 할아버지였던 그분들의 숭고한 희생이 헛되지 않도록 오늘을 사는 우리들의 모습이 부끄럽지 않아야 할 것입니다.

군법당의 크리스마스

오늘은 성탄절, 크리스마스지요? 불교방송을 들으시는 청취자 여러분들은 웬 크리스마스 이야기냐고 반문하실지 모르지만, 군대 안에서는 각 종교가 함께 마음을 모아 다양한 군종 활동을 벌이고 있기에 서로 기쁨을 나누고 함께 좋은 행사를 진행하는 일을 발견하는 것은 그리 어려운 일이 아닙니다.

불교계에서도 몇 년 전부터 성탄 축하 메시지를 발표하고 있는 것으로 알고 있습니다만, 군문 안에서 군법사가 맞이하는 성탄절의 분위기는 색다른 경우가 많습니다. 일단, 오늘같이 일요일이 성탄절인 경우 괜스레 우리 장병들이 모두 교회나 성당으로 가 버리는 것은 아닐까 하는 걱정이 들기도 합니다.

어린 시절, 종교와 관계없이 크리스마스 때면 친구 따라 교회를 찾았던 경험이 있는 분들이 많을 겁니다. 군에서도 연말 분위기에다 풍부한 위문품과 따뜻한 분위기의 예배당에서 즐겁게 지내고 싶은 마음에 평소 전혀 종교에 관심 없던 장병들마저 교회로 발걸음을 돌리게 됩니다.

군대라는 특수한 환경이 다양한 종교를 체험하게 만드는 계기를 주는 것은 아닐까 하는 생각도 해 봅니다. 바깥사람이 그립고, 사실 위문품에 흔들리는 장병들의 모습은 우리 부처님 오신날도 엇비슷하기는 마찬가지입니다.

어찌되었건 위대한 성인의 탄생은 온 인류의 축복이요 기쁨이기에 저희들도 축하 방문을 겸해서 교회나 성당을 찾아 목사님, 신부님과 함께 즐거운 시간을 보내기도 합니다.

몇 해 전이었던가요? 같은 부대에 근무하는 군종 신부님으로부터 성당에서 열리는 성탄미사에 참석해 달라는 초대를 받은 적이 있었습니다. 그때는 축하의 마음이야 함께 할 수 있는 것이지만 한 번도 미사에 참석해 본 적이 없어 좀 망설여지기도 했었습니다.

그래도 초대를 받은 입장에서 호의를 마다할 수 없어서 두루마기를 정성스럽게 차려입고 미사에 참석해 성당 식구들에게 큰 환대를 받은 적도 있습니다. 미사를 마치고 인사말을 하라고 하기에 천주교 군종병들의 '칸타타'가 너무도 좋게 보여 그때 한창 거리에서 들려오던 빙 크로스비의 〈White Christmas〉를 한가락 뽑아(?)서 많은 박수를 받은 추억이 지금도 생생합니다.

또 제가 국방부 법당에 근무하던 때, 부처님 오신날 군교회의 목사님께서 축하 방문을 오셔서 공양을 나누며 축사의 말씀을 해 주신 적도 있습니다.

이런 모습들이 아마 밖의 민간 사찰이나 교회, 성당에서는 쉽지 않은 일일는지 모르지만, 장병들과 함께 한 울타리 안에서 군종 활동을 하고 있는 군 성직자들에게는 그다지 별스런 일은 아닐 겁니다. 서로가 서로를 인정하고 함께하며 어려움을 나누고 화합할 수 있는 모습을 만들어 간다면 그것이야말로 정말 아름다운 모습이 아닐까 싶습니다.

아마 어제와 오늘 전국의 군사찰에서도 성탄절을 맞아 교회나 성당에 축하 메시지를 보내거나 축하 방문을 한 곳이 적지 않을 겁니다.

이렇게 군 성직자들이 화합하고 함께하는 모습을 본 장병들이 제대하고 사회에 나가서는 아마도 종교간에 대립과 경쟁의 모습보다는 화합하며 함께 웃고 함께 기쁨을 나눌 수 있는 모습을 그려가게 되지 않을까 하는 기대를 해 봅니다.

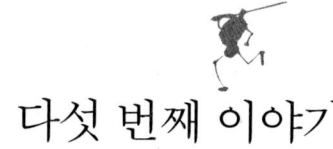

다섯 번째 이야기

다섯 번째 이야기는 편지글 모음입니다.
이중 몇몇 편지는 장병들이 제대한 관계로 사전에 동의를 구하지
못하였습니다. 지면으로 양해를 구합니다.

🦋어머니, 안녕하셨는지요?

　　　　　지난번 휴가 때 뵈었을 때는 건강해 보이셔서 참 좋
　　　　　았는데, 갑작스레 편찮아지셨다는 소식을 접하고
걱정스러운 마음에 안부 편지를 올립니다.

　손 편지를 쓰면 어머니가 두고두고 보실 수 있을 것 같아서요.

　홀로 계신 어머니께 군대 간다고 큰절하고 눈물 흘리면서 떠
나온 지가 엊그제 같은데, 벌써 시간이 많이 지나 이제 제대를
눈앞에 두고 있습니다.

　어머니께서는 제가 항상 철없다고 걱정 많이 하시지만 제가
여기서는 분대장입니다.

　제가 항상 앞장서서 일하다 보니 그동안 보이지 않던 것들도
보게 되고 책임감도 생긴 것 같아 조금은 어른이 된 것도 같습
니다. 걱정은 붙들어 매놓으셔도 될 것 같습니다.

　그나저나 어제 편찮아 누워 계신 어머니와 통화하고 난 후에,
지난번 휴가 갔을 때 면회 한 번 제대로 못 갔다고 한숨지으시
던 어머니 모습이 생각나 어젯밤엔 밤잠을 설쳤습니다.

조금만 기다리세요. 제가 제대하고 어머니 곁에 돌아가서 어머니 병간호도 해 드리고 아르바이트를 해서 맛있는 것도 사 드릴게요.

어머니, 건강하셔야 합니다. 제가 성공해서 효도해 드리는 것 다 받으셔야 되니까요.

어머니, 항상 제 걱정 많이 해 주시는 것 잘 알고 있습니다. 혼자서 저 키우시느라 어렵고 힘든 일 많으셨는데, 좀처럼 내색 안 하시고 그저 저 잘 되기만을 기도해 주시는 어머니를 생각하면 항상 가슴이 아파옵니다.

제대를 얼마 앞두고 있어서인지 요즘은 이것저것 걱정이 많습니다. 복학도 해야 하고 취업 걱정에 아르바이트 문제까지 생각은 복잡한데 좀처럼 정리는 잘 되지 않습니다.

얼마 전에 법당에 가서 법사님과 상담을 했었는데 격려를 많이 해 주셔서 조금 힘을 얻고 있습니다.

어머니, 얼른 기운내서 일어나세요. 그리고 더운 여름 혼자 계신다고 끼니 대충 드시지 말고 제대로 잘 차려 드세요. 일 나가시는 것도 좀 줄이시고요.

제대하는 그날까지 편안하시고 항상 어머니의 건강을 위해 기도하겠습니다.

말년 휴가 때는 나가서 집에서 어머니하고만 지내다 올 겁니다. 그때까지 건강하게 계셔야 돼요? 아셨죠?

어머니, 또 연락드리겠습니다.

엄마를 사랑하는 아들 올림

김 중사님, 그동안 잘 지내셨지요?

머나먼 동명부대 중동 땅에서 얼마나 고생이 많을지 잘 알고 있으면서도 부처님의 가피로 잘 지내리라 믿으며 안부를 차일피일 미루다 이제야 소식을 전하게 됨을 이해해 주기 바랍니다.

지난봄 떠날 때 환송법회에서 염주를 걸어 주며 무운장구를 기원했을 때가 엊그제 같은데, 벌써 여름의 한가운데로 접어들고 있으니 세월은 나는 화살과 같다는 말이 정말 실감나는 날들입니다.

막중한 임무 수행에 얼마나 어려움이 많을지 눈에 선합니다.

여러 가지 중동의 사고 소식을 접할 때마다 걱정이 앞서서 김 중사님 생각을 많이 합니다만, 이곳에 있는 나로서는 그저 걱정뿐인지라 그저 지혜롭게 헤쳐 나가기만 바랄 뿐입니다.

어려움과 난관이란 이겨내고 뛰어 넘을 때 오히려 자신을 더욱 성숙시키고 발전시킬 수 있는 것입니다.

지금은 비록 힘들고 어려울지 모르나 먼 훗날 시간이 지나

2012년의 레바논 동명부대에서 보낸 여름의 한때를 떠올려 보면 그 어려움이 오히려 내 인생의 큰 자양분이 되었다는 것을 느낄 때가 반드시 찾아올 겁니다.

이곳도 연일 계속되는 무더위에 모두들 힘들어 하며 '유난히 무더운 여름'이란 말을 입에 달고 사는데, 중동의 무더위 속에서 지내는 레바논의 오지에서 막중한 임무를 수행하고 있는 우리 동명부대 장병들은 오죽하겠나 싶어 힘들다는 생각, 웃으며 털고 지냅니다. 그곳에서도 힘내시길 바랍니다.

사람의 마음이 참 간사한지라 어렵고 힘든 나라에 가게 되면 항상 상대적으로 비교해서 '우리는 이런데, 이곳은 이것밖에 안 된다'고 교만한 마음으로 현실을 받아들이는 경우가 많은 것 같습니다.

상대적으로 어렵게 사는 그곳의 사람들일 망정 그곳에서 그들이 가지고 있는 좋은 장점을 배울 수 있었으면 좋겠습니다. 또 여러 가지 어려운 여건 속에 있는 현지인들에게 성실하고 멋진 모습을 보여 주었으면 좋겠습니다.

동명부대가 태권도나 의료 지원, 각종 시설공사 등의 많은 지원으로 칭송을 받고 있다고 하니 자랑스럽고 또 뿌듯하기만 합니다.

김 중사님, 부디 일신우일신하여 귀국하실 때는 더욱 성숙하

223

고 발전된 모습으로 뵐 수 있게 되기를 바랍니다.

　아마 그곳에서 지내다가 이곳에 돌아오면 가을의 정취가 한창일 테니 건강한 모습으로 단풍나무 아래 앉아 그곳 소식 나눌 날을 기대하며 이만 줄이겠습니다.

　항상 부처님의 가피가 함께하길 기원합니다.

　　　　　　　　　호국 봉암사에서 보경 두 손 모음

🪽법사님께 드립니다!

　　법사님, 안녕하셨습니까?

　　갑작스러운 편지에 당황하지는 않으셨는지 모르겠습니다.

　제가 이 편지를 쓰게 된 이유는 법사님께 감사의 인사를 드리고자 하는 마음 때문입니다.

　잘 쓰는 글은 아니지만 제 마음을 표현해 드리고 싶어서이니 너그럽게 이해해 주셨으면 좋겠습니다.

　법사님, 실은 저는 원래 불교 신자는 아니었습니다. 육군 훈련소에 있던 5주 동안은 그저 쉬겠다는 목적으로 가끔 종교행사엘 참석하곤 했었습니다.

　그런데 후반기 교육을 받기 위해 이곳 육군 종합군수학교로 옮겨온 후, 낯선 새로운 환경, 새로운 사람들을 만나게 되면서 제가 좀 힘들고 마음이 많이 흐트러져 있었던 것 같습니다.

　그러던 차에 동기가 종교행사 때 불교로 가자고 해서 그냥 아무 생각 없이 법회에 참석하게 되었습니다.

그런데 1주차 첫 종교행사 때 법당에 간 순간, 정말 그 흐트러졌던 마음이 편안해지고 그동안 스트레스 받고 있던 제게 큰 위안이 되었습니다.

고즈넉한 법련사의 앞 정원이 정말 저에게 큰 힘이 되었고, 더불어 법사님의 좋은 말씀 덕분에 생각하는 방법 또한 살짝 움직이게 된 것 같습니다.

이번 주 금요일에 교육 수료하고 자대 배치를 받아 떠나게 되어 아쉽고 섭섭하지만 제가 법당에서 얻어간 것이 더 많은 것 같아서 기분은 참 좋습니다.

지금도 이곳에서의 교육 스트레스로 힘들긴 하지만 주말에 법당에 갈 수 있다는 생각으로 버티면서 일주일을 지내고 있습니다.

답답하고 고된 군 생활의 단비가 내린 듯한 느낌입니다. 비록 이번 주에 수료하고 배출되는지라 직접적으로 뵙지는 못하지만 다른 곳에서 꼭 인연이 닿아서 마음과 마음이 만났으면 합니다.

그리고 이곳에서뿐만 아니라 자대를 가서 시간이 된다면 법회에 꼭 참석을 할 것입니다. 부처님의 가르침으로 제 마음을 여기서처럼 다스릴 것입니다.

제가 엇나가지 않도록 하고 스트레스도 줄여 주신 법사님께 감사의 인사를 다시 드리고, 앞으로도 연락이 닿게 되면 좋겠습니다.

　너무 큰 것을 바라는 게 아닌가 하는 생각도 문득 들긴 하지만, 제가 이곳에 머문 3주 동안은 정말 잊지 못할 만남이 되었던 것 같습니다.

　그럼 이만 초라한 이 글을 접을까 합니다.

　법사님, 그동안 정말 감사했습니다.

특기병 1중대 조리병 석 이병 올림

🦋아들아, 안녕!

오늘 아침 일찍 서울에 올라갔다 왔는데, 아직 제법 날이 쌀쌀하더구나. 최전방 부대에서 생활하고 있는 우리 아들이 은근히 걱정되어 오늘 이렇게 편지를 쓴다.

학창 시절부터 옆에서 제대로 챙겨 주지 못해 아빠가 미안하고 그렇구나.

엄마 없이 자라는 너를 강하게 키운답시고 어려서부터 늘 스스로 행동하기를 바라고, 모든 일을 아들 판단대로 행동하기를 바랐었는데도 막상 이렇게 아들을 멀리 군에 보내 놓고 나니 어딘지 모를 서운함만 남는구나.

늘 우리 집 기둥으로 책임감 있고 의젓하게 생활할 것을 항상 얘기해서 우리 아들한테 많은 스트레스를 준 건 아닌지, 요즘 들어 네 마음을 많이 헤아려 주지 못한 것들이 자주 와 닿는다.

이 세상을 부딪치며 살아갈 앞날들을 생각하며 아빠의 염려에서 나온 것들이니 우리 아들이 이해해 주었으면 좋겠다.

힘들고 어렵겠지만 힘내고 건강하게 잘 지내길 바란다. 사랑한다. 아들아!

군에 자식 보낸 대한민국 모든 부모들 마음이 다 그렇겠지만 괜한 초초함 때문인지 그동안 줄였던 담배에 자꾸 손이 가서 걱정이다.

아들아, 오래전에 할아버지한테 내가 들은 이야기 하나 해 줄까?

세상 모든 일이 아무리 힘들어도 마냥 힘든 일만 있는 것은 아니라는 말씀이 생각난다. 우리 아들도 거기서 웃음 잃지 않고 지냈으면 좋겠다.

건강하게 생활하고 멋진 모습으로 제대할 그 모습을 아빠는 항상 그려 본다.

우리 아들, 건강하고 웃음 잃지 말고, 인사 잘하고, 전우들을 배려하고, 3분 먼저 움직여서 남을 기다리게 하지 말고, 늘 상대방을 기다리는 사람이 되라고 했던 말 잊지 말기를 바란다.

훈련 힘든 거 잘 알고 있다. 힘들어도 힘든 체하지 말고, 동료들 중 제일 힘든 사람이 누군지도 챙겨보는 여유를 가지려고 노력해 보면 좋겠다.

아들아, 다가오는 면회 날엔 누나 근무가 어떻게 될지 몰라서 확실치 않다. 혹시 필요한 물건이 있거들랑 편지하거라. 하늘나라에 있는 엄마가 늘 살펴보고 있다는 거 잊지 말고 잘 지내야 한다. 그리고 식사 잘해라.

강하고 튼튼한 대장부가 되기를 아빠는 바란다. 파이팅하자!

아들아~ 많이 사랑한다.

아빠로부터

아버지, 어머니 안녕하셨어요?

정말 전화를 하고 싶은데 못해서 아쉬움이 큽니다.

그래도 이렇게 일요법회 때 법당에 오니 집에다 편지를 보내 준다고 해서 법당 바닥에 앉아 감사한 마음으로 안부를 전합니다.

천주교 성당이나 기독교에서 맛있는 것 준다고 해도 절에 다니는 어머니 생각해서 교회에 안 나가고 절에 왔더니 좋은 일이 있네요.

제가 신교대에 온 지 이제 일주일이 지났는데 군대도 사람 사는 곳이라 적응하니까 이제 지낼만 합니다.

오히려 집에서 할 일 없이 컴퓨터만 하고 잠만 자고 그럴 때보다 훨씬 보람 있고 시간이 잘 가는 것 같습니다.

가족들 못 봐서 많이 그리운 것만 빼고는 다 괜찮습니다. 같이 훈련받고 있는 소대 전우들도 다 착하고 재미있어요.

이제까지 신교대에 들어와서 정신 교육, 제식 훈련, 경계 근무서는 법, 구급 훈련 등도 배우고 군가도 많이 배웠어요. 제가 휴가 나가면 군가 불러 드릴게요.

그리고 요새 꿈을 자주 꾸는데 가족들과 지내는 꿈을 자주 꿉니다. 깨어나면 볼 수 없지만 꿈에서라도 가족들을 볼 수 있어서 그걸로 위안을 삼기도 해요.

처음 보충대에 입소했을 땐 밤에 남몰래 눈물 흘린 적도 있지만 이젠 훈련 잘 받고 있고 힘들지 않으니 걱정하지 마세요. 밥도 맛있고요.

그런데 정말 군에 오기 전에 해 준 큰형 말이 맞았어요. 군대밥은 아무리 많이 먹어도 금방 배가 고파요. 맛있는데 먹고 나면 금방 또 배가 고파서 우리들끼리도 웃곤 해요.

할머니 소식도 궁금합니다. 군대 오기 전에 치매가 심해지셔서 군대 잘 다녀오라는 말씀 한마디 안 해 주신 게 사실 좀 서운했었는데 얼마 전에 꿈에 나타나셔서 절더러 괜찮으냐며 얼굴을 쓰다듬어 주셨어요. 할머니 너무 보고 싶어요.

그리고 오늘이 토요일인데 다음 주 월요일에 화생방 훈련을 받아요. 제일 힘들다던데 두렵기도 하고 살짝 기대가 되기도 하고 그래요.

수류탄 훈련, 각개 전투 훈련 등 많은 훈련들이 기다리고 있지만 열심히 견뎌내서 떳떳한 대한민국 육군이 될 겁니다.

저희 소대장님은 상사님이신데 마음이 따뜻하고 좋은 분 같아요. 무서울 땐 엄청 무섭지만 평소엔 잘 웃으시고 자상하세요.

훈련받는 동안 모두들 잘 대해 주셔서 몸은 좀 힘들지만 그래도 마음만은 편안합니다.

그리고 입대하기 전에 스님께서 주신 염주는 자나 깨나 항상 착용하고 있어요. 어머니가 주신 시계도 항상 차고 다니고요.

오늘 첫 종교행사라 법당에 왔는데 법사님께서 불교에 대한 설명도 많이 해 주시고 절하고 합장하고 노래(찬불가)도 하고 반야심경도 했습니다. 저는 어머니에게 배운 반야심경 덕분에 잘 따라 했습니다.

법당에서 법회 끝나고 준 빵과 콜라가 얼마나 맛있었는지 몰라요. 지금도 빵을 먹으며 편지를 쓰고 있습니다.

어머니, 아버지, 할머니, 형수, 고모, 모두들 너무 너무나 그립고 보고 싶습니다. 그리고 우리 예쁜 조카도 건강히 잘 있지요? 궁금한 게 많습니다.

훈련병이지만 편지는 받아 볼 수가 있다네요. 소식 전해 주시면 너무 반가울 것 같습니다. 가족들 모두 너무 보고 싶어요.

아무튼 전 잘 지내고 있으니 걱정 마시고 모두 건강하세요.

또 연락드리겠습니다. 충성!

신병교육대에서 아들로부터

아이티 단비부대에서 온 편지

여러분께서는 지난해 큰 지진으로 막대한 인명과 재산 피해를 입은 아이티를 기억하고 계시는지요? 그 아이티 난민들에게 꿈과 희망을 심어 주기 위한 우리 군장병들이 유엔 아이티안정화지원단(MINUSTAH) 일원으로 임무를 수행하고 있습니다.

바로 단비부대인데요. 지진으로 갈라진 아이티의 대지 위에 희망의 씨앗을 심고, 사랑의 단비를 뿌려 다시금 생명력이 넘치는 땅으로 바꾸는 진정한 봉사자로서 헌신하기 위해 공병부대를 주축으로 의무·수송·통신·헌병, 그리고 경비 임무를 담당하는 해병대 장병 등으로 편성됐으며, 아이티 재난 현장에 투입돼 복구 및 재건임무를 수행하고 있습니다.

이 단비부대 3진에는 현재 우리 군법사님께서 파견되어 활발한 활동을 벌이고 있습니다. 오늘은 아이티 레오간 단비부대에 근무하고 있는 정행 이익수 법사님께서 보내온 소식을 전해 드리도록 하겠습니다.

불자 여러분 안녕하십니까? 아이티 단비부대 정행 이익수 법사입니다. 요즘 한국도 날씨가 상당히 덥다지요? 낮 기온이 32도까지 올라가서 에어컨 없이는 버티기 힘들다는 이야기를 들었습니다.

여기는 어떠냐고요? 이른 아침 점호를 마치고 나면 온도계가 35도를 가리키고 있답니다. 지난주에는 낮 기온이 52도까지 올라갔다던데 온도계의 눈금이 50도까지밖에 없어서 정확하지는 않지만, 하도 신기해서 사진을 찍어 놓으신 분이 있을 정돕니다.

이곳 아이티 단비부대에도 호국사라고 하는 작은 법당이 있습니다. 20평 정도 규모에 매주 2~30명이 법회를 봉행하고 있습니다. 지난 6월 마지막 일요일에 포살법회를 했습니다. 스물두 명의 불자가 법회에 참석했는데 그 중 108배를 해 본 인원이 여섯 명뿐이더군요.

그래도 처음 법회에 나온 한 명을 제외하고는 모두 108배를 마쳤습니다. 그때 법당 밖의 기온이 40도를 웃돌았는데, 그런 열기 속에서 부처님 전에 참회를 올리는 모습이 상상이 가시나요?

그러고 나서 108배를 하겠다고 법당을 찾는 장병들이 제법 생겼습니다. 8월에는 두 번째 포살이 있을 예정인데, 그때는 더 많은 불자가 포살에 참여할 것이라 생각하니 기쁩니다.

부대 주변에 작은 고아원이 하나 있는데 장병들이 주말마다 봉사활동을 하고 있습니다. 그곳에 살고 있는 40여 명의 아이들은 2리터 정도 되는 통에 묽은 수프를 끓여서 하루 식사를 해결할 만큼 열악한 환경 속에서 생활하고 있습니다.

그래서 봉사활동을 나가는 장병들은 샌드위치와 삶은 계란을 손수 준비해 아이들에게 나누어 주고, 물이 부족하여 씻지 못하는 아이들을 위해 급수차로 매주 목욕을 시켜 주고 있습니다.

법당에서도 지난 초파일 연등 공양비를 모아 아이들 목욕통과 학용품 등을 구매하여 나누어 주었습니다.

고아원 아이들이 좋아하는 일에 연등 공양비가 쓰였으니 우리 단비부대 호국사 불자들의 보람이기도 하지요. 남은 연등 공양비도 모두 이 고아원 아이들을 위해 사용할 예정입니다.

이곳 아이티에 파병온 지도 벌써 넉 달이 지나가고 있습니다. 그리고 법당도 이제 작은 회향을 준비하고 있습니다. 바로 수계식입니다.

10여 명의 간부들이 빠지지 않고 법회에 참석하는데, 확인해 보니 수계불자가 세 명뿐이고 병사들까지 합쳐도 열 명이 채 안 되더군요. 많은 인원들이 불자로서 계를 지키고 모범적인 선행 활동을 할 것을 부처님 전에 서원하길 기대해 봅니다.

참, 두서없이 소식을 전하다 보니 빠진 이야기가 있습니다. 아이티에 파병된 15개국 가운데 군종 장교가 파병된 나라는 한국과 파라과이뿐이랍니다.

그리고 3개 종교시설이 갖추어진 곳은 단비부대 뿐이고요. 타국 부대가 우리 단비부대를 방문하면 종교 센터는 주요 방문 코스이고, 특히 법당에 대한 관심이 높습니다.

그리고 그들에게 한국불교와 법당에 대해서 영어로 소개를 해 줍니다. 특히 인접한 곳에 주둔하고 있는 불교국가인 스리랑카 부대는 우리 주둔지를 방문할 때마다 반드시 법당에 들어와서 헌향도 하고 합장기도를 하고 갑니다.

물론 제가 스리랑카 부대를 방문할 때도 부처님을 모신 곳에 가서 기도를 합니다. 내년쯤에 성지순례로 스리랑카를 방문하고 싶은 생각이 생겼습니다.

여기서 인연 맺었던 분들이 오기만 하면 다들 자기가 안내해 주겠다고 하는데, 생각이 행동으로 옮겨지길 기도합니다.

저는 매일매일 무엇보다 부대의 안전을 위해 기도합니다. 재건 부대의 특성상 단비부대에는 많은 장비가 있고, 열악한 교통환경에서 이동과 작업을 해야 하는 부대원들을 생각하면 기도에 게으름이 생길 겨를이 없지요.

아침마다 『금강경』을 독송하고 불자들의 축원카드를 일일이 읽어가며, 또한 부대원 전체의 무사귀환을 기도하며 살고 있습니다.

두 달 뒤에는 귀국하겠지만 저의 관심은 오늘뿐입니다. 오늘을 무사히 보내는 것이 우리의 무사귀환을 만들기 때문입니다.

이제 단비부대도 4진이 선발되었다고 합니다. 더불어 바라건대 5진에는 법사님도 이곳으로 파병되기를 기대해 봅니다.

내년도 부처님 오신날에는 더욱 보람되고 행복한 봉축법회가 이곳 아이티에서도 봉행되기를 바라기 때문입니다.

귀국해서 건강한 모습으로 인사드리겠습니다.

한국의 모든 불자 장병들과 더불어 부처님의 자비광명이 충만하길 기원합니다.

아이티 레오간 단비부대에서 정행 이익수 합장

✲ 할머니께!

지난겨울 입대한다는 제 말에 눈물을 훔치시던 할머니의 모습이 기억납니다.

제가 전역할 때까지 꼭 건강하게 절 기다리겠다는 할머니의 약속처럼 요즘같이 더운 여름에도 다행히 건강히 지내신다는 어머니의 말을 듣고 얼마나 마음이 놓였는지 모릅니다.

요즘에도 과수원에 나가시죠? 매번 "놀면 뭐하니? 소일거리라도 해야 몸이 더 건강해지는 거야." 하시며 해가 뜨기도 전에 과수원에 나가시지만 너무 무리하지는 마세요.

할머니의 건강이 우리 집안의 행복이니까요.

지난여름에 할머니께서 뱀에 물려 응급실에 실려 가셨을 때는 하늘이 무너지는 것 같은 심정이었어요. 제가 늘 할머니 곁에서 있어 드려야 하는데 항상 이 핑계 저 핑계로 그러지 못했습니다. 설상가상으로 이렇게 국방의 의무를 하느라 더 오랫동안 할머니를 찾아뵙지 못하게 되어 죄송합니다.

전역하면 꼭 자주 찾아뵙고 호강시켜 드리겠다는 민망한 약

239

속을 해 봅니다.

참, 저는 일요일이 되면 법당에 가서 법사님의 법문을 들어요. 예전에는 특별히 신앙 같은 것은 없었는데 어릴 적 할머니와 함께 갔던 부산 해동용궁사에서의 기억이 너무 아름답게 남아 있어 종교활동 시간에 불교를 선택했습니다.

이곳에서는 마음이 심란할 때가 많은데 법당에 가서 법사님의 좋은 말씀을 듣고 있노라면 어느새 마음이 평온해집니다.

할머니도 제가 군대에 오기 전에 사법고시 준비 때문에 힘들어했고, 또 원하는 대로 되지 않아서 늦은 나이에 군대 오게 된 것에 스스로 너무 자책감이 들었던 것 아시죠?

그런데 법당에 와서 여러 가지 부처님 말씀을 들으며 마음이 평온해지니 문득 이런 생각이 들었어요. '내가 괜히 도피하는 것은 아닌가. 더 노력해야 하는데 그냥 도피하면서 편한 것만을 추구하려는 것이 아닌가?'라는 생각이요. 이런 생각이 들자 오히려 그동안 평온해지고 행복했던 마음이 온데간데없이 사라지고 말아서 법사님께 상담 요청을 해서 제 고민을 말씀드렸답니다.

그러자 법사님께서는 집착의 유무에 따라 옳고 그름이 달라진다고 말씀해 주셨습니다. 그 말씀을 듣고 제 스스로를 돌아보니, 그동안 노력의 보상에 대한 집착이 저를 힘들게 만들었다는 것을 깨닫게 되었고, 군대에 와서 집착을 놓아버리니 스스로 편해졌구나 하는 것을 느끼게 되었답니다.

제 마음이 편해진 것은 도피 때문이 아니고 집착을 놓았기 때문이었습니다. 덕분에 지금은 비록 군대에서 제가 원하는 것을 얻은 것은 아니지만, 행복하고 평온하답니다.

저의 정신적 지주가 되어 주시는 법사님, 절 인정해 주는 간부님, 제 선임, 제 동기, 제 후임, 모두가 절 행복하게 만들어 주고 있답니다.

아 할머니, 제가 저번엔 108배도 했어요. 힘들 줄 알았는데 오히려 108가지 번뇌를 하나하나 되새기며 절을 하고 나니 마음이 많이 정리된 것을 느낄 수 있었어요.

지금에 와서 보니 예전에 할머니께서 절에 가자고 권유했을 때 손사래를 치며 거절했던 제 모습이 후회가 되네요. 어서 전역해서 할머니 손잡고 절에 가는 모습을 꿈꿔봅니다.

할머니, 조금만 기다리시면 제가 씩씩한 모습으로 휴가 가서 기쁘게 해 드릴게요. 그때까지 건강하게 지내셔야 해요.

자주 연락 드릴게요. 할머니께 멋진 경례를 올립니다. 충성!

늘 평온하고 행복하며 할머니의 건강이 최고의 행복인

손자 드림

고생하는 우리 아들에게!

이 편지를 받는 날이 벌써 두 번째 맞는 일요일이구나. 우리 아들 잘 지내고 있지?

군에 가서 법회에 열심히 나간다니 참 고맙구나. 법당에 가서 법회도 참석하고 또 법사 스님의 설법에 귀 기울여 잘 들었으리라 믿는다.

어려움이 있다면 부처님을 의지해 보거라. 많은 도움이 될 것이다.

법회에 참석한 모습을 인터넷 컴퓨터 화면을 통해 사진으로나마 볼 수 있는 천불사 카페가 얼마나 고마운 곳인지 부처님께 감사하고 감사하다.

사진도 예쁘게 찍어 올려 주시고, 간식도 챙겨 주시고, 무엇보다 향기로운 부처님 말씀을 들려 주어 심신의 고단함을 삭여 주시니 얼마나 고마운지 모르겠구나.

물심양면으로 도와주시는 주지 스님과 군종병님들께 너무너무 고맙고, 너도 감사함을 마음으로나마 간직하기 바란다.

이 편지를 쓰기 전에 인터넷 카페에 들어가 이 질문 저 질문 들을 살펴보니 얼마 지나지 않으면 첫 면회와 외박이 가능하겠더구나.

빨리 그 날이 와서 우리 아들 엄마 품에 실컷 안아봤으면 좋겠다. 우리 아들 좋아하는 맛난 것도 실컷 먹이고 싶고.

그런데 부대에서 먹는 음식은 입에 잘 맞는지 모르겠다. 재훈이네 형 세훈이는 군대음식이 너무 맛있어 살이 쪘다는데, 너도 그러면 다이어트 실패할 텐데 걱정을 해야 할지, 좋은 일인지 나쁜 일인지 고민이다.

아직은 다이어트 신경 쓰지 말고 많이 먹고 그저 아프지만 말아라. 그래야 훈련도 힘들지 않게 받을 수 있으니 말이다.

아직 군 생활이 까마득히 남았는데 너무 초조하게 생각하지 않았으면 좋겠다. 모든 것은 서서히 이루어지는 거니까, 그리고 우리 순리대로 살자. 실망하지 않기다.

따뜻한 남쪽에 살다가 강원도 최전방이라는 그곳 날씨가 상당히 추울 텐데 아침저녁 찬바람이 불 때마다 아들 걱정이 많이 된다. 여기도 쌀쌀한데 그곳은 어떻겠냐 싶어 맘이 아프다.

발 시리고 춥거들랑 발도 많이 동동거리고 손도 많이 비비고 그래 봐. 열이 나면 좀 나아질 것이다. 장갑이랑 마스크도 잘 쓰고 다니고.

우리 아들이 항상 몸 건강히 잘 지내기만을 엄마는 기도한단다. 엄마도 일요일이면 재훈이네 엄마랑 겸사겸사 절에 다녀온다. 절에서 항상 엄마는 우리 아들을 위해서 기도하고 있는 것만으로도 안심이 된다.

우리 아들, 열심히 건강히 잘 지내야 한다. 오늘도 또 잔소리쟁이 엄마가 되는구나. 한 말 또 하고 한 말 또 하고, 그래서 엄마지 누가 이래 주겠니? 그렇지 아들?

소중한 주말 보람 있게 마무리하고 새로운 한 주 건강하게 맞이하기 바란다. 힘내라 우리 아들. 파이팅~

추신: 많이 힘들더라도 '아이고 죽겠네' 그렇게 내뱉지 말고 '관세음보살'이라고 대신 말하는 습관을 가져라. 마음으로 말이다. 그러면 관세음보살님이 힘을 주실 것이다. 알았지?

엄마도 이제 자야겠다. 편지는 다음 주에 또 쓰마.

사랑하는 아들에게 엄마가

어머니, 아버지께 드립니다!

그동안 편안하셨는지요?

저는 잘 지내고 있습니다. 얼마 전 큰 훈련을 하나 받았는데 많이 힘들었지만 막상 지나고 나니 후련하고 좀 여유가 생겨서 이렇게 안부를 전합니다.

이제 얼마 안 있으면 어버이날입니다.

군에 오기 전에는 어버이날이라도 그렇게 크게 생각하지 않았었는데 막상 군에 와서 맞이하는 첫 어버이날이라서 그런지 괜스레 어머니 아버지 생각이 많이 나서 이렇게 편지를 보냅니다.

가슴에 카네이션 하나 달아 드리지 못하지만 마음만은 함께하고 있기에 큰절 올리는 심정으로 이렇게 편지를 쓰고 있습니다.

고등학교 시절 공부도 하지 않고 이리저리 친구들과 몰려다니며 사고만 치는 등 어머니 아버지 속 많이 썩여드려서 너무나 죄송합니다.

그때 정신 차리고 공부 열심히 했더라면 원하는 대학도 들어가고 집안일도 돕고 그랬을 텐데 부끄럽지만 이제 와서 후회가

245

많이 됩니다.

대학 입시에 실패하고 아르바이트를 전전하며 밖으로만 돌았을 땐 아버지 어머니의 마음을 이해하지 못했었습니다.

그냥 자유롭게 지내는 게 좋았고 친구들과 어울리는 것만 생각했었습니다. 두 분 장사하시면서 어렵게 저를 키워 주셨는데도 그냥 모든 걸 당연하게만 여기고 지내왔던 것 같습니다.

막상 군에 들어와서 여러 사람들과 만나고 주변 동료 전우들에게 많은 이야기를 듣다 보니 내가 참 철없이 살았었구나 하는 생각이 들었습니다.

넓은 세상에서 정말 다양한 경험과 공부를 한 전우들이 많아서 많이 놀라고 있습니다.

그래서요 어머니 아버지, 얼마 전부터 수능 시험공부를 다시 시작했습니다. 부대에서도 공부방이 있어서 일과 마치고 짬짬이 공부할 수 있는 공간이 있거든요. 늦었지만 늦은 만큼 더 열심히 노력해 보려고 합니다.

그래서 제대하고 난 후에 꼭 다시 수능 시험도 치고 원하는 대학에 들어가서 열심히 공부해 보려고 합니다.

이제까지는 항상 불효만 저지른 못난 아들이지만 나중에는 꼭 꿈을 이루어서 효도 많이 하겠습니다. 그 첫 번째가 수능 시험 응시니까 잘 지켜봐 주세요.

외아들 군에 보내고 외롭게 어버이날 보내시는 거 아닐까 걱
정도 되지만 제 편지 받으시고 조금이나마 위안이 되셨으면 좋
겠습니다.

다가오는 유월에는 정기휴가 나갈 예정이니 그때까지 건강하
시고, 맘 편안히 계시길 바랍니다. 그때는 더 건강한 모습, 그리
고 열심히 공부한 아들 모습 보여 드릴 수 있을 것입니다.

엄마 아빠 사랑합니다.

아들 올림

🦋 사랑하는 아들에게!

아들아, 우리 아들이 군에 간 지 어느덧 한 달이 다 되어 가는구나. 입대한 지가 엊그제 같은데 신병교육대 3주차 교육이 끝나가고 있네.

너에게는 아마도 인생에서 가장 길게 느껴진 날들이었겠지만, 아버지가 느끼기에는 참 빨리 지나간 것 같구나. 강원도 최전방이라는 그곳의 날씨는 어떤지 궁금하구나.

지난번에 보내 준 편지를 일주일이나 지나서 받았으니 시간이 많이 걸리더라. 아들이 아빠 편지를 많이 기다렸다고 생각하니 좀 더 자주 쓸 걸 그랬나 싶었다.

그러면서 엄마 아빠는 네 편지가 언제 또 오나 하고 매일 기다리고, 편지 오면 서로 먼저 뜯어서 보려고 싸우고(?) 그런다.

무엇보다 좋은 소식은 우리 아들이 식사를 거르지 않고 매끼 잘 먹고 있다는 것과, 체력이 좋아지고 있다는 게 제일 반가웠다.

아침을 잘 안 먹는 우리 아들이 훈련받을 때 힘들지나 않은지,

또 체력이 잘 받쳐주고 있는지가 너무 궁금했는데 이젠 걱정 안 해도 될 것 같구나.

얼른 훈련을 마치고 일만 촉광의 빛나는 이병 계급장을 달고, 그리고 면회가서 빨리 만나고 했으면 좋겠다. 훈련 마치고 수료식 날에는 면회와 외박이 된다고 하니까 그때를 서로 기다리며 기대해 보자.

그리고 우리 아들이 군에 가서 훈련병으로 고생하면서도 군 법당에 나가서 열심히 기도하고 있다는 소식에 너무나 반갑고 또 고마웠단다.

부처님 가피가 우리 아들한테 온전히 베풀어져서 몸 건강하게 잘 지내게 되기를 아빠는 간절히 발원해 본다.

지난 초파일에는 주지 법사님께 부탁해서 우리 아들 이름으로 연등도 달아 놓고 인터넷상으로 올려놓은 사진을 매일 보고 있단다.

또 컴퓨터 속 사진에서나마 새로운 세계를 경험하는 아들의 모습을 보는 게 요즘 아빠의 즐거움이란다. 법당에 나와 주머니가 불룩한 모습을 보면 '아~초코파이나 바나나를 받아서 넣어 놓고 있구나' 생각한단다.

인터넷 카페에서 지금까지 훈련받는 모습을 포함하여 여기저기 서핑을 하며 찾아 낸 아들의 사진이 모두 총 9장이란다.

보물찾기 하는 거지. 다음에는 손가락 V자 한번 해 주렴.

수류탄, 화생방 훈련이 걱정된다고 했는데 이 편지를 받을 때쯤에는 그 훈련은 이미 다 마쳤을 것 같구나. 해 보면 아무것도 아닐 수 있는 거지. 과정에서는 힘들지만 잘해냈을 거라고 아빠는 믿는다.

자대 배치 현황도 부대에서 보내 주는 문자로 통보받았다. 아들 덕분에 간접적으로나마 아빠가 너와 함께 최전방 근무를 하는 것 같구나. 여기저기 사이트를 다니다 보니 여러 가지 상식들도 많이 알게 되고.

아빠는 후방 부대에서 군 생활을 해서인지 그렇게 군인다운 군인의 맛을 사실 잘 못 느끼고 근무했지. 지금 고백하지만 그 흔한 기관총, 대포 한번 구경 못하고 제대했었다. 아들 덕에 전방 구경도 해 볼 수 있겠지.

사랑하는 아들아, 힘든 과정을 잘 이겨내기 바란다. 집에서 편안히 있으면서 아들한테 미안스럽지만 마음으로밖에 같이 할 수 없다는 것이 현실이구나.

엄마 아빠는 마음으로나마 늘 너와 함께 있는 거야. 힘내고 사랑하는 가족 생각하며 꿋꿋이 씩씩한 군인이 되어 가길 바랄게.

엄마 아빠 욕심으로, 들은 얘기로는 사격 잘하면 포상으로 집에 전화를 하게 해 준다고 해서 혹시 우리 아들 목소리 들을 수 있을까 기대를 하며 기다리고 있단다.

　아무튼 편지 자주할게. 우리 자랑스러운 아들 힘내고 잘 지내라.

아들이 너무나 보고 싶은 아빠로부터

좋은 만남, 좋은 인연

불교방송 '장병의 시간'에서 방송되었던 〈아름다운 병영 이야기〉가 『병사와 풍경소리』라는 제목의 책으로 엮어져 나온다고 하니 방송을 제작한 담당 PD로서 정말 반갑고 기쁘기 한량없습니다.

매주 일요일 저녁 6시에 방송되는 '장병의 시간'은 사실 장병들이 듣기에 그다지 편하지 못한 취약 시간대에 편성되어 있는 방송입니다. 그러나 방송 진행을 맡고 있는 보경 함현준 법사님은 그야말로 열정 하나로 '장병의 시간'을 준비하고 진행하는 데 혼신의 힘을 쏟고 있습니다.

사실 보경 법사님은 방송 전문인이 아닙니다. 전문 방송인도 아닌 사람이 스튜디오 마이크 앞에 앉아 매주 방송되는 전국 방송을 진행한다는 일은 그리 쉬운 일이 아닙니다.

처음 진행을 맡으셨을 때는 실수도 적지 않으셨습니다. 그럼에도 불구하고 현재 '장병의 시간'이 전국의 많은 불자님들에게 사랑을 받고 있는 것은 보경 법사님의 땀과 열정이 만들어 낸 결과가 아닐까 싶습니다.

현재 모든 방송 원고를 손수 쓰고 있는 법사님은 강원도 인제라는 전방 지역에서 방송 녹음을 위해 달려 나오는 일에 망설임이 없으셨고, 월요일 휴무를 고스란히 반납하셨습니다. 부대 사정이 여의치 않아 월요일에 나오지 못하시면 나중에 개인 휴가를 내서라도 스튜디오에 나와 방송 일정을 맞추는 열정을 보이셨습니다.

그리고 무엇보다 〈아름다운 병영 이야기〉가 많은 이들에게 가슴으로 다가갔던 까닭은 법사님이 직접 현장에서 장병들과 함께 경험한 논픽션이었기 때문일 것입니다. 장병들과 함께한 감동적인 사연이 소개될 때마다 전국 각지에서 적지 않은 격려 전화와 도움을 주겠다는 소식이 들려왔습니다.

흔히들 군불교가 정말 중요하면서도 또 어렵다고 하던데 저 또한 〈아름다운 병영 이야기〉를 통해서 군포교 현장의 살아 있는 소식들을 접하고, 또 공감할 수 있었습니다.

강원도 산골의 아름다운 병영 이야기인 보경 법사님의 『병사

와 풍경소리』를 통해 많은 분들이 군문軍門 안에서의 감동적인
모습을 접하게 되고 기쁨과 보람을 함께 나눌 수 있게 되기를
바랍니다.

BBS 불교방송 '장병의 시간' 담당 PD
김상준

보경 함현준

동국대학교와 동 대학원에서 불교학과 미술사학, 비교불교학을 공부했다.
94년에 군법사로 군문에 들어와 백두산부대, 열쇠부대, 특수전사령부, 교육사령부, 국방부 등에서 근무했으며, 현재는 강원도 최전방 3군단 군종참모와 호국봉암사 주지법사의 소임을 맡고 있다.
일본 동경 입정대학立正大學 객원연구원과 군불교위원회 포교국장을 역임했고, 2012년 제1회 전법학술상을 수상하였다.
『불교와의 만남』, 『법화경독송요문』, 『4인4색 길을 말하다』(공저) 등의 책을 펴냈으며, BBS 불교방송〈장병의 시간〉을 진행하면서 군장병과 함께 호흡하는 것에 가장 큰 기쁨을 느끼고 있다.

병사와 풍경소리

초판 1쇄 인쇄 2012년 12월 17일 | 초판 1쇄 발행 2012년 12월 24일
지은이 보경 함현준 | 펴낸이 김시열
펴낸곳 도서출판 운주사

(136-034) 서울시 성북구 동소문동 4가 270번지 성심빌딩 3층

전화 (02) 926-8361 | 팩스 0505-115-8361

ISBN 978-89-5746-332-1 03810 값 10,000원

http://cafe.daum.net/unjubooks (다음카페: 도서출판 운주사)